AF198029

Tucholsky   Wagner   Zola   Scott   Sydow   Freud   Schlegel
Turgenev   Wallace   Fonatne

Twain   Walther von der Vogelweide   Fouqué   Friedrich II. von Preußen
Weber   Freiligrath

Fechner   Fichte   Weiße Rose   von Fallersleben   Kant   Ernst   Frey
Richthofen   Frommel

Fehrs   Engels   Fielding   Hölderlin
Faber   Flaubert   Eichendorff   Tacitus   Dumas

Feuerbach   Maximilian I. von Habsburg   Fock   Eliasberg   Zweig   Ebner Eschenbach
Ewald   Eliot   Vergil

Goethe   Elisabeth von Österreich   London
Mendelssohn   Balzac   Shakespeare
Lichtenberg   Rathenau   Dostojewski   Ganghofer
Trackl   Stevenson   Doyle   Gjellerup
Mommsen   Tolstoi   Hambruch
Thoma   Lenz   Hanrieder   Droste-Hülshoff
Dach   Verne   von Arnim   Hägele   Hauff   Humboldt
Reuter   Rousseau   Hagen   Hauptmann   Gautier
Karrillon   Garschin   Defoe   Baudelaire
Damaschke   Descartes   Hebbel   Hegel   Kussmaul   Herder
Wolfram von Eschenbach   Schopenhauer
Darwin   Dickens   Rilke   George
Bronner   Melville   Grimm   Jerome   Bebel   Proust
Campe   Horváth   Aristoteles
Bismarck   Vigny   Barlach   Voltaire   Federer   Herodot
Gengenbach   Heine
Storm   Casanova   Tersteegen   Grillparzer   Georgy
Chamberlain   Lessing   Langbein   Gilm   Gryphius
Brentano   Lafontaine
Strachwitz   Claudius   Schiller   Kralik   Iffland   Sokrates
Katharina II. von Rußland   Bellamy   Schilling
Gerstäcker   Raabe   Gibbon   Tschechow
Löns   Hesse   Hoffmann   Gogol   Wilde   Vulpius
Luther   Heym   Hofmannsthal   Gleim
Roth   Klee   Hölty   Morgenstern   Goedicke
Luxemburg   Heyse   Klopstock   Kleist
Puschkin   Homer
Machiavelli   La Roche   Horaz   Mörike   Musil
Navarra   Aurel   Musset   Kierkegaard   Kraft   Kraus
Nestroy   Marie de France   Lamprecht   Kind   Kirchhoff   Hugo   Moltke
Nietzsche   Nansen   Laotse   Ipsen   Liebknecht
Marx   Lassalle   Gorki   Klett   Ringelnatz
von Ossietzky   May   vom Stein   Lawrence   Leibniz   Irving
Petalozzi   Platon   Knigge
Sachs   Poe   Pückler   Michelangelo   Kock   Kafka
Liebermann   Korolenko
de Sade   Praetorius   Mistral   Zetkin

Eine Pariser Ehe

Marcel Prévost

Impressum

Autor: Marcel Prévost
Übersetzung: Franziska Gräfin zu Reventlow
Umschlagkonzept: toepferschumann, Berlin

Verlag: tredition GmbH, Hamburg
ISBN: 978-3-8472-3611-5
Printed in Germany

Text der Originalausgabe

Marcel Prévost

Eine Pariser Ehe

MARCEL PRÉVOST

EINE PARISER EHE

·PARIS·LEIPZIC·
MUENCHEN
·VERLAC·v·ALBERT·LANGEN·

Autorisierte Übersetzung aus dem Französischen
Franziska Gräfin zu Reventlow

Mit 15 Illustrationen F. Freiherrn von Reznicek

Paris, Leipzig, München
Verlag von Albert Langen

1898

Marcel Prévost

Eine

Pariſer Ehe

Autoriſierte Überſetzung aus dem franzöſiſchen
von
F. Gräfin zu Reventlow

mit 15 Illuſtrationen
von]
F. Freiherrn von Reznicek

A   L

Paris, Leipzig, München
Verlag von Albert Langen
1898

Eifersüchtig

1.

Mein Mann hintergeht mich – ich habe den Beweis in der Hand.
Geahnt habe ich es schon seit lange, aber ich wollte es mir selbst
und vor allem meinen Freundinnen nicht eingestehen. So sind wir
alle – einige hirnverbrannte Frauenzimmer ausgenommen, die sich
förmlich darauf etwas zu Gute thun, sich als die »betrogensten«
Frauen von ganz Paris hinzustellen. Sie machen es so wie einer
gewisse Sorte von Kurzsichtigen, die sich rühmen, die schärfste
Brille zu tragen, nur um den Rekord zu halten.

Aber eine vernünftige Frau renommiert nicht damit; sie thut, als
ob sie es nicht wüßte oder als ob es ihr gleichgültig wäre und dann
geht sie in ihr Schlafzimmer und weint sich bei verschlossenen Thüren aus.

Und ich weiß es ganz sicher, daß er mich betrügt; ich habe den
handgreiflichsten Beweis, nämlich einen Brief von seiner früheren
Maitresse, die mir den Namen der jetzigen mitteilt. Zwei Fliegen
mit einer Klappe! Ich hätte allen Grund der Vorsehung dankbar zu
sein. Da sitze ich in meinem Schlafzimmer, ganz allein, bei ver-
schlossener Thür – und weine nicht einmal. Ich bin auch eigentlich
nicht gerade traurig, eher etwas nervös und mißgestimmt und doch
empfinde ich außerdem noch ein eigentümliches physisches Gefühl,
das ich nicht so ohne weiteres beim Namen zu nennen wüßte.

Ob das Eifersucht ist? O nein, wenigstens nicht die klassische Eifersucht wie in den Romanen. (Es giebt da irgend einen Ausspruch
von Spinoza, den man mir mit der Behauptung beigebracht hat, daß
er die Formel für die weibliche Eifersucht sei.) Nun, bei mir ist es
anders. Ich versuche mir auszumalen, wie mein Gatte mit meiner
Ex-Freundin, Mme. Lehugueur, »verliebt« ist (daß es sich um sie
handelt, weiß ich aus dem Brief), oder auch mit – nun ich will sie
einstweilen Mme. Vigilance nennen, da der Brief so unterzeichnet
ist – aber weiß Gott, mein Blut gerät dabei nicht weiter in Wallung,
ich habe nicht die mindeste Lust, mir einen Revolver zu kaufen und
ihn auf das schuldige Paar abzudrücken. Mir ist bei dem Gedanken
daran eher zu Mut, als ob ich mich zurückziehen möchte, nur nichts

sehen, nicht daran denken. Es treibt mich absolut nicht, meine Rechte geltend zu machen und mein Eigentum mit Gewalt zurückzuverlangen. Und wie kommt das? Ich habe es mir eben längst abgewöhnt, mit der Person meines Gatten Gedanken zu verbinden – Gedanken – nun, wie soll ich mich ausdrücken – Liebe – das wäre schon viel zu hoch gegriffen – sagen wir also lieber Thorheiten, Kindereien – so wie es auf der Hochzeitsreise war. Ich brauche bloß an meinen Mann zu denken, so vergehen mir alle derartigen Gefühle – ich gestehe, daß ich dieses Mittel zuweilen angewendet habe, wenn der kleine Frühlingsteufel mich plagen wollte (nun, mein Gott, das passiert mir ebenso gut, wie allen anderen – nicht allzu oft, aber immerhin oft genug, um recht lästig zu fallen).

Und was hat diese Veränderung in mir bewirkt? Es war doch nicht immer so wie jetzt. Selbst nach der berühmten Hochzeitsreise war es Henri, auf den sich alle derartigen Gefühle bei mir konzentrierten. Aber dann, nach und nach, so ganz allmählich sind wir uns physisch gleichgültig geworden, ohne daß eines von uns (ich glaube wenigstens, daß es meinem Mann darin ebenso geht wie mir) einen bestimmten Zeitpunkt angeben könnte, wo diese Entfremdung begonnen hätte. Man gewöhnt sich eben an das gemeinsame Bett, wenn es immer seltener und zuletzt vielleicht überhaupt nicht mehr zum Schauplatz der Liebesszenen dient. Es liegt dann nichts Aufregendes mehr in dieser Gemeinsamkeit; im Gegenteil, sie fängt an, beruhigend auf die Nerven zu wirken. Ich wenigstens habe dabei das Gefühl, daß mein Mann nicht mehr nach mir begehrt. – Eine Frau, die nicht schon ganz verderbt ist, begehrt niemals zuerst; dagegen wird ihr Verlangen durch die Wünsche des anderen Teiles sehr leicht rege gemacht. Der Ehemann hat dabei seiner jüngeren unverdorbenen Frau gegenüber wirklich keine besonders schwierige Rolle zu spielen, selbst wenn er weder schön noch verführerisch ist. Wir wollen ja nichts anderes wie Liebe und wollen uns nur hingeben dürfen, ohne etwas dabei zu riskieren, ohne große Konflikte und ohne Skrupel.

Was mich heute so verstört macht, ist also keine Eifersucht à la Spinoza-Bourget, denn mein Mann war mir in diesem Punkt schon lange gleichgültig geworden. Und doch muß ich wieder darauf zurückkommen: ich empfinde noch etwas anderes dabei wie den bloßen Ärger, daß diese Weiber als Spione und als Feindinnen sich in mein Dasein eingedrängt haben, und daß sie sich mit einem gewissen Recht über mich lustig machen können. Es liegt ein Gefühl von physischem Widerwillen in meiner Eifersucht. Nicht daß ich Mme. Lehugueur oder Mme. Vigilance die Zärtlichkeitsbeweise meines Gatten streitig machen möchte; aber mich schaudert bei dem Gedanken, daß er darauf verfallen könnte, sich mir, seiner legitimen Frau, hin und wieder mit dergleichen nähern zu wollen. Ich bekomme die Gänsehaut, wenn ich mir vorstelle, daß ich heute abend im Nachtkostüm an seiner Seite ruhen werde. Er küßt mich immer, wenn er zum Diner nach Hause kommt, er küßt mich alle Abende beim Schlafengehen und morgens, wenn wir aufwachen. Ich hätte nicht den Mut, ihm zu sagen:»Bitte, verschone mich von jetzt an damit«. Und trotzdem empört sich mein Gefühl, wenn ich nur daran denke. Beim besten Willen kann ich die Spinoza- und Bourget-Gedanken nicht los werden, und es kommt mir wirklich so vor, als ob ich selbst durch die erotischen Geheimnisse jener beiden Frauen befleckt würde. Ja, das ist es, was mich empört und mein Innerstes aufwühlt, das ist es, woraus meine Eifersucht entspringt: Mir graut davor, daß mein ruhiges Leben als anständige Frau durch meinen Mann mit den zweifelhaften Freuden dieser Lebedamen in Berührung gebracht wird. Ich glaube, es würde mich ganz kalt lassen, daß er mich hinterginge, wenn er wenigstens ein Trikot dabei anhätte.

Der treulose Gatte

2.

Man sollte es garnicht erst versuchen, sich gegenseitig etwas vorzumachen, wenn man sechs Jahre zusammengelebt und sich wenigstens während zwei Drittel dieser Zeit geliebt hat. Wenn ich mich damit befasse, im Herzen meines Mannes zu lesen, liegt es offen vor mir da wie mein Gebetbuch. Für gewöhnlich ist mir diese Lektüre allerdings zu langweilig, ich mag kaum das Titelblatt ansehen oder es überhaupt aufschlagen.

Gestern abend nun hat es mir Spaß gemacht, es einmal anzuschauen und etwas darin herumzublättern. – Gewöhnlich reden wir bei unseren gemeinsamen Mahlzeiten nicht viel miteinander, – was hätten wir uns auch schließlich zu sagen? Alles, was uns gemeinsam berührt, haben wir so und sovielmal durchgesprochen, wozu sollten wir immer wieder das Inventar davon aufnehmen, was uns wirklich interessieren würde, wäre eben gerade das, was jeder ängstlich vor dem anderen verbirgt. Aber wie ich vorhin schon gesagt habe, um die Gedanken der anderen zu erforschen, bedarf es keiner weiteren Konfidenzen.

So beobachtete ich denn meinen Gatten, während er in tiefstem Stillschweigen seine Artischocken aß und dabei an alles mögliche andere dachte, nur nicht an mich. Dann fragte ich mich: »Gefällt er mir eigentlich oder ist das vorbei?« Aber wirklich, ich war nicht imstande es zu entscheiden. Darüber allerdings war ich mir klar, daß seine körperlichen Vorzüge mich nicht mehr reizten wie in alten Zeiten, wo ein gewisses Aufleuchten seiner blauen Augen oder eine Bewegung seiner schönen schlanken Hände mir das Herz erbeben machte und meinem Selbstgefühl schmeichelte. Ich hätte laut rufen mögen: wie hübsch ist er doch und nur mir allein soll er gehören.

Jetzt dagegen verzieh ich ihm gern alle jene kleinen Mängel und Unvollkommenheiten seines äußeren Menschen, unter denen ich damals so gelitten habe, bis ich nach verzweifelten Anstrengungen es dahin brachte, sie zu übersehen. Seine Ohren sind nämlich schlecht angewachsen, am oberen Ende abgeplattet wie ein eingebogenes Stück Pergament, und das Ohrläppchen fehlt gänzlich. In der ersten Zeit unserer Ehe machte mir das förmlich Kummer; ich hätte es lieber gesehen, wenn er nur ein Ohr oder überhaupt keins gehabt hätte. Das hätte mein Glück nicht getrübt und ich hätte ihn darum doch geliebt. Außerdem brachte es mich zur Verzweiflung, daß er etwas zu dick war, besonders im Gesicht, und daß er ein Doppelkinn hat.

Aber jetzt ist mir sein Äußeres ebenso gleichgültig wie seine Gedanken. Und er weiß das ganz gut. Er giebt sich meinetwegen, das heißt, wenn wir unter uns sind, keine besondere Mühe, sich hübsch zu machen. Sonst gilt er allgemein für sehr eitel, aber das thut nichts zur Sache.

Während ich diese traurigen Thatsachen feststellte, vergaß ich nicht meine Beobachtungen auch auf das moralische Gebiet auszudehnen, und alles bestätigte mir, daß der mit Mme. Vigilance unterzeichnete Brief die Wahrheit sagt. Ja, mein Mann ist mir untreu, in jeder Beziehung untreu und ganz besonders jetzt. Erster Beweis, dieser sonst schon so soignierte Mann legt jetzt womöglich noch mehr wert aus sein Äußeres. Es fiel mir ein, daß er sich kürzlich neue Hemden angeschafft hat mit einem Einsatz aus lauter kleinen parallel laufenden Falten ohne Mittelstück. Ich meinesteils finde sie nicht schön, aber sie sind jedenfalls nach dem Geschmack meiner Freundin Lehugueur, die der berühmte Brief mir verraten hat. Ebenso die mächtige Kravatte und der Biedermeierrock. Ich erinnere mich, daß der Anzug heute vor 14 Tagen ins Haus gebracht wurde. Dieses Datum ist von großer Wichtigkeit. Wenn eine Frau ihrem Geliebten Ratschläge in Toilettenfragen erteilt, so ist die Zeit des »Sündenfalls« sehr nahe. Manche Frauen machen derartige kleine Abänderungen feierlich zur Bedingung, wenn sie einem Mann ihre Gunst erweisen wollen. Die Baronin Lespérant – sie ist so amüsant mit ihrem Zynismus, wenn sie uns jungen Frauen von ihren lustigen Abenteuern, wie sie selbst sich ausdrückt, erzählt – sagte neulich, während sie im Theater den kleinen Luc Delespant mit der Lorgnette fixierte: »Da ist wieder einer, den ich angezogen habe.«

So hat also auch Mme. Lehugueur meinen Gemahl nach ihrem Geschmack gekleidet. Seine Schuld verrät sich nicht nur in dem M-förmigen Einschnitt seines Rockkragens, in der Kravatte à la Collin und in der leicht markierten Biedermeierlocke, sie spricht auch aus einer gewissen Heiterkeit, die über sein Gesicht ausgegossen ist, aus einer ungewöhnlichen Geschmeidigkeit in den Bewegungen und dem unbewußten Lächeln, das seine geschlossenen Lippen kräuselt. Er hält stumme Selbstgespräche, ohne daran zu denken, daß ich ihn beobachten könnte. Mit innerer Befriedigung geht er noch einmal die Ereignisse des Tages durch und lächelt in der Erinnerung an die zweifelhaften Scherze, die er selber gemacht oder von Mme. Lehugueur gehört hat. Ach, er ist sehr zufrieden mit sich selbst, mein guter Mann, er ist stolz darauf, daß er immer noch ein Don Juan und mit 40 Jahren noch der Liebhaber einer Weltdame ist. Er trinkt seinen Wein und ist ganz voller Selbstbewunderung – da plötzlich begegnen sich unsere Blicke, und weil er ebensogut in meinem Innern zu lesen vermag, wie ich in dem seinen, so fühlt er, daß ich ihn erraten habe oder besser, er fürchtet es, er wittert Gefahr. Und nun beginnt er schleunigst nach einem Gesprächsthema zu suchen (und zwar verfällt er darauf, vom Salon zu sprechen – er, der ungefähr soviel von Kunst versteht, wie ich von Mechanik), er macht sich liebenswürdig, schenkt mir sehr zuvorkommend ein. – Ach, wie habe ich innerlich darüber gelacht.

Wenn ich schlau gewesen wäre, so hätte ich die völlig Ahnungslose gespielt und ihn den ganzen Abend seine Mätzchen machen lassen. Aber das kommt nur auf dem Theater vor, im wirklichen Leben möchte man immer zu bald merken lassen, daß man sich nicht so anschwindeln läßt, und will dem anderen seine eingebildete Überlegenheit nehmen. Ich spitzte die Situation zu, und als Henri mir irgend ein fades Kompliment über meine Haare machte, um sich galant zu zeigen, fuhr es mir heraus: »Ja sie haben wenigstens darin etwas vor anderen voraus, mein Lieber, daß ich mir weder das Haar noch die Farbe dazu gekauft habe.« (Mme. Lehugueurs Haare sind zur Hälfte falsch, und die andere Hälfte ist auf Grund der allerneuesten Erfindungen auf dem Gebiete der Chemie gefärbt, etwa in dem Ton wie nagelneue Mahagonimöbel.)

Mein Mann erwiderte nichts. Er fühlte wohl, wie gefährlich seine Lage war und wußte sich nicht zu verteidigen. Ich war kindisch genug, ihn noch mehr aus dem Konzept zu bringen, indem ich mich über seinen neuen Anzug moquierte und ihm sagte, bei einem ganz jungen Mann könne man derlei kleine Extravaganzen immerhin noch begreifen, aber ein Vierziger mache sich dadurch einfach lächerlich.

Er fing an zu stottern:»Aber ich bitte dich, lieber Schatz, meine sämtlichen Freunde im Klub bringen der Mode diese kleinen Opfer – man könnte uns sonst ebensogut für Oberkellner halten.«

Dann verabschiedete er sich, um Waffenstillstand zu machen und sagte, er müsse noch auf einen Augenblick zum Empfangsabend des Ministers. – Nun ja, hingehen wird er wohl, aber den ganzen Abend wird er sicher nicht dort bleiben.

Ich blickte ihm nach, wie er fortging, und meine Bosheit reute mich. Ich fühlte, was in der Seele dieses braven Mannes vorging, – er ist ein Egoist, aber bösartig ist er dabei nicht. Gewiß, es thut ihm weh, seiner Frau solchen Schmerz zu bereiten – er verließ mich ganz niedergeschlagen und voller Angst. Aber welche Wonne, um fünf Uhr ein gewisses Entresol im Quartier Marbeuf aufzusuchen und dort auf eine Dame zu warten, als wäre man erst 25 Jahre alt. Es wäre traumhaft schön, wenn man diese Liebschaft beibehalten könnte, ohne seiner Frau damit weh zu thun. So'n bischen für die Sinne, ein bischen für die Eitelkeit und dabei kein allzu schlechtes Gewissen.

Aber so haben wir nicht gewettet, mein teurer Gatte!

Versuchung

3.

Wenn eine Frau weiß, daß sie betrogen wird, kommt ihr zu aller-
erst natürlich der Gedanke, nun auch ihrerseits untreu zu sein, wir
haben eben das Gefühl, daß wir uns so am besten rächen können,
wenn wir in unserer Liebe verwundet und in unserem Selbstgefühl
verletzt worden sind. Aber eigentlich hat es gar keinen Zweck; es
kommt höchstens noch eine Unannehmlichkeit zu der früheren,
nämlich ein Verhältnis mit einem Mann, den man nicht liebt.

Trotzdem habe auch ich an diese Lösung gedacht, denn ich bin
fest entschlossen, diesen Schimpf nicht hinzunehmen, ohne mich
dagegen zu wehren, ohne mich zu rächen. Ich hätte Gott weiß was
darum gegeben, wenn in diesem Augenblick eine jener schweren
Versuchungen an mich herangetreten wäre, von denen keine Frau
verschont bleibt. Nur kommen sie niemals im geeigneten Moment,
wenigstens nicht bei anständigen Frauen. Und doch empfinden
diese ebensogut wie alle anderen das Bedürfnis nach reeller Liebe,
und ihre Sinne verlangen nicht minder lebhaft danach.

Bei mir war das so: Vor der Heirat könnte ich nicht behaupten,
daß ich jemals in Versuchung geraten wäre, vielleicht hier und da
eine kleine Erregung, wenn ein Mann zudringlich wurde (man
macht sich nämlich gar keinen Begriff, was ein junges Mädchen auf
einem modernen Ball alles auszustehen hat), aber das machte mich
höchstens nervös oder etwas schlaff. Wenn man verheiratet ist,
ändert sich die Sache. Unsere Gatten machen sich in der ersten Zeit
den Spaß, uns eine Menge perverser Gedanken in den Kopf zu setzen, sie amüsieren sich damit, die kleine sinnliche Bestie, die in
jeder jungen Frau schläft, zu wecken und aufzureizen. Das geht so
etwa zwei Jahre lang fort und so kommt es, daß wir während dieser
Zeit immer nur an dergleichen Sachen denken, wie Gymnasiasten,
die von ihren Kameraden in alles eingeweiht werden, was man
ihnen zu Hause ferngehalten hat. Und dann kommt eine Zeit, wo
die Männer genug von uns haben und andere Vergnügungen, womöglich andere Frauen aufsuchen – wir aber bleiben allein mit unseren Erinnerungen und all' der wachgewordenen bösen Lust. Man
macht uns selbstverständlich die Cour, verspricht uns alle Freuden,

deren unser Mann uns beraubt hätte und versichert uns, daß es noch manche andere gäbe, in die er uns wohlweislich nicht eingeweiht hätte, damit wir nicht zu viel bekämen. Für eine tugendhafte Frau ist das nicht weiter gefährlich, wenn der Mann, der ihr solche Dinge sagt, ihr nicht gefällt oder wenn sie glaubt, daß er sie nicht liebt. Gefährlich wird die Sache erst dann, wenn wir uns sagen: »Der arme Kerl. Ich mag ihm nicht weh thun, er ist so nett.«

Wirklich in Gefahr gewesen bin ich erst einmal seit meiner Hochzeit – eigentlich anderthalbmal, wenn ich ganz ehrlich sein will. Das halbe Mal war vor drei Jahren in Etretat. Außer den gewöhnlichen, langweiligen Badebekanntschaften lernte ich dort den berühmten Romancier Canalis kennen. Alle Frauen machten ihm den Hof, trotzdem er seine guten 40 Jahre auf dem Rücken hat und nichts weniger wie ein Apollo ist. Er wurde mir vorgestellt und weiß Gott, auch ich war liebenswürdig gegen ihn. Wir denken eben immer, daß ein Schriftsteller sich ganz besonders zum Liebhaber eignen und uns besser verstehen müsse, wie ein anderer, weil er beständig seine Studien macht und nach Stoffen für seine Liebesgeschichten sucht. Es ist so albern, sich auf die unverstandene Frau herauszuspielen. Aber es ist so, wir Frauen werden nie verstanden, wahrscheinlich, weil niemand es der Mühe wert findet. Und es kam mir so vor, als ob Canalis mir geistig näher stände wie alle anderen, die ich kannte. Er verstand sich so wunderbar darauf, durch rein sentimentale Gespräche begehrliche Gedanken in einem wachzurufen. Das hat immer einen großen Reiz für eine Frau. Als Mann sagte er mir nicht besonders zu. Er sah ziemlich alt und schon etwas verbraucht aus, seine Persönlichkeit hatte etwas von jener raffinierten Eleganz, die ihren Eindruck auf das flatterhafte Frauengemüt nie verfehlt. Kurz, als er von Etretat abreiste, war ich ganz entschlossen, später in Paris seine Geliebte zu werden – selbstverständlich für's ganze Leben. Hatte er mir doch am letzten Abend in Etretat(es war spät abends – durch das Dunkel, das uns umgab, schimmerte nur der metallische Glanz der Meereswellen zu uns herüber und wir lustwandelten auf der Terrasse des Kasinos) – hatte er mir damals nicht selbst gesagt:»Was ich denke und fühle, wird nur noch Ihnen gehören. – Es war vorherbestimmt, daß wir uns kennen lernen sollten.«

Dann kehrte er nach Paris zurück – und ich habe seitdem nur noch durch die Blätter von ihm gehört. Und ich habe nicht übermäßig darunter gelitten und mich selbst ausgelacht, daß ich geglaubt hatte, einen Mann an mich zu fesseln, dessen Beruf stets neue Erlebnisse mit sich bringen muß. Und das Gefühl des Lächerlichen, das in dieser Enttäuschung lag, hat mich vor einem großen Schmerz bewahrt. Das Endresultat war, daß ich mir sagte: es war eben nur eine halbe Versuchung.

Das andere Mal, wo es wirklich eine ernstliche war, ist noch gar nicht so lange her. Kaum drei Monate. Ich verliebte mich in einen Mann – fast schäme ich mich, es einzugestehen – nur darum, weil er schön war. Ich sehnte mich darnach, daß er mich in seine Arme nähme, daß er mich küßte, und auch ich hätte ihn auf den Mund und auf seine schönen Augen küssen mögen. Er war sehr jung, fast ein Jahr jünger wie ich, also zweiundzwanzig. Aber ein Ideal von männlicher Schönheit war er, die verkörperte Kraft, Geschmeidigkeit und Eleganz. Als ich ihn kennen lernte, war er mit einer verheirateten Frau liiert, einer Dame aus der Gesellschaft, die dafür bekannt ist, jüngere Leute in die Geheimnisse der Liebe einzuweihen und so alt und so widerwärtig, wie konnte er nur an so einem Abenteuer Freude finden! Ich kokettierte wahnsinnig mit ihm, bis ich ihm glücklich diese ältliche Circe verleidet hatte.

»So,« sagte er eines Tages zu mir, »es steht fest, ich breche mit ihr, – aber nur, wenn Sie mein sein wollen.«

»Einverstanden,« antwortete ich lächelnd, »aber zuerst der Bruch, mein Freund.«

»O nein,« meinte der junge Verführer, der trotz seiner Jugend recht durchtrieben war. »wenn ich erst mit ihr breche, finden Sie vielleicht einen hübschen kleinen Vorwand, unsern Vertrag umzustoßen, und dann habe ich mich einfach zwischen zwei Stühle gesetzt.

»Wie Sie wollen. Schreiben sie in meinem Beisein an ihre ehrwürdige Freundin. Dann wollen wir weiter davon reden.«

Er bat sich Bedenkzeit aus. Er suchte mich durch tausend kleine Listen umzustimmen, aber ich ließ mich nicht fangen. Und bei diesem Getändel ist mir das bischen Lust nach und nach vergangen, und ich glaube, der Gedanke an einen definitiven Bruch hat ihn seiner alternden Freundin nur wieder näher gebracht.

So sind wir ganz diskret voneinander geglitten, und jetzt weicht einer dem anderen aus ...

Mein Mann hat ein Glück ...!

Ach, hätte ich doch ein Kind! Das ist für den Gatten immer die sicherste Garantie – aber Henri scheint das ganz vergessen zu haben.

Und seht bin ich so allein – ach, so allein – und außerdem recht nervös.

Geplänkel

4.

Mein Mann scheint eine Ahnung zu haben, daß ich hinter seine Schliche gekommen bin. Er ist seiner Sache nicht ganz sicher und hofft immer noch, daß ich nichts bestimmtes weiß. Immerhin ist er aus seiner Ruhe aufgestört. Und da er im Grunde etwas ängstlicher Natur ist, kann ich es recht gründlich genießen, ihn zu quälen und mich durch kleine Nadelstiche, die ich ihm versetze, zu rächen. Die Gelegenheit zur großen Rache warte ich noch ab, er wird ihr nicht entgehen.

Einstweilen begnüge ich mich damit, ihm dann und wann einen kleinen Schrecken einzujagen, wenn er sich gerade einmal ausruhen möchte, zum Beispiel nach Tisch, wenn er Siesta macht, eine Zigarette raucht und den Figaro liest. Ich brauche nur irgend eine wohlüberlegte Andeutung fallen zu lassen, sei es über die teure Mme. Lehugueur, oder über den Ort, wo sie sich treffen (Rue de la Terrasse 21 – der anonyme Brief hat mich ganz genau instruiert) – sofort errötet er, ja er wird bleich, seine Hände fangen an zu zittern, die Zigarette geht aus, und die Zeitung fliegt auf den Boden.

Die andere Rachemethode besteht darin, scheinbar in aller Harmlosigkeit seine Rendezvouspläne zu durchkreuzen, ich stelle ihn vor die Alternative, entweder seine Schöne zu verfehlen oder offen zu bekennen, was ihm nämlich höchst peinlich ist, daß er allein ausgehen möchte. Ich brauche ihn übrigens nur anzusehen, um zu erraten, ob er ein Rendezvous hat, – so eine gewisse Geistesabwesenheit in seinem Wesen, außergewöhnlich sorgfältige Toilette, dann und wann ein befriedigter Blick in den Spiegel – nach fünf Minuten weiß ich schon genug. Und dann diese komischen Vorsichtsmaßregeln, über die er gewiß lange nachgedacht hat – wenn er sich für den Nachmittag oder für den Abend seine Freiheit sichern will. Mein Gott, warum schweigt er nicht einfach still und thut, was er Lust hat, ganz wie in früheren Zeiten. »Liebste, heute haben wir um vier Uhr Sitzung bei der Süd-West-Bahn. Werde nur nicht ungeduldig, wenn ich später zum Essen komme, wenn du nicht auf mich warten willst –«

»O, mein Freund, du weißt, daß ich das immer thue. Du bist der Herr des Hauses.«

»Glaube mir, es ist mir schrecklich, wenn ich zurückgehalten werde. Aber jetzt sollen die Dividenden zur Auszahlung kommen und dann dehnen die Sitzungen sich endlos aus.«

»Komm nur, wenn es dir paßt, Lieber.«

Ich sage das alles in sanftem, unterwürfigen Ton, sehe ihm aber dabei fest in die Augen, was ihn so nervös macht, daß seine Lippen zucken. Dann geht jedes seiner Morgenbeschäftigung nach. Beim Frühstück kommen wir erst wieder zusammen. Henri ist liebenswürdig und zuvorkommend.

»Nimm doch noch von den Krebsen, Schatz – komm, hier ist ein wunderschöner. – Laß mich dir geben« u. s. w.

Ich nehme seine Bemühungen sehr huldvoll entgegen, lasse aber dabei beständig etwas Ironie durchblicken, so daß der teure Gatte gar nicht mehr weiß, woran er ist und sich förmlich zum Essen zwingen muß.

Dann ich auf einmal ganz plötzlich:

»Nicht wahr, ihr haltet eure Sitzungen noch immer in der Rue de Londres?«

Meine Frage fällt meinem Mann in den Teller wie ein Maikäfer vom Baum. Er zögert mit der Antwort, versucht erst einen Schluck Wein zu trinken, ist aber nicht imstande dazu und stottert schließlich:

»Na ja – ja natürlich – gewiß, lieber Schatz – Rue de Londres Nr. 1 und um fünf Uhr – in dem Empiresaal. Du weißt – weil er ganz in Empire möbliert ist – sehr schöne Empiremöbel, heller Mahagoni mit herrlichen Kupferbeschlägen – wunderbare Kupferbeschläge – nur der mittlere Saal ist nicht Empire, der ist ganz einfach gehalten: ein großer Tisch mit einem grünen Tuch und lauter Tintenfässern, wie ein gewöhnlicher Sitzungssaal. Eigentlich sind wir dort brillant eingerichtet.«

»<tt>Tant, mieux</tt>, mein lieber.«

Dann verstumme ich wieder und kehre meine Aufmerksamkeit der Mahlzeit Zu. Aber jetzt ist er ganz in seiner Behaglichkeit gestört, und ich weiß ganz genau, was er denkt,»Warum fragt sie darnach? Vermutet sie irgend etwas? Oder will sie mir eine Falle stellen.«

Er schwankt eine Zeitlang Zwischen dem Wunsch, etwas aus mir herauszubekommen und der Empfindung, daß es wohl besser sei, das Thema fallen zu lassen und von anderen Dingen zu sprechen. Aber Furcht und Neugier tragen den Sieg davon.

»Warum fragst du danach, Teuerste?«

Ich thue, als ob ich ganz vergessen hätte wovon überhaupt die Rede sei.

»Was meinst du, wovon sprichst du?«

»Von unserer Sitzung, – von dem Sitzungslokal der Süd-West-Bahn.«

Ich warte, bis er sich völlig verwickelt hat.

»Ach, deine Sitzung, was habe ich denn gefragt, ich weiß es wirklich nicht mehr.«

»Du fragtest, wo die Sitzungen abgehalten würden.«

»Nun, und?«

Er merkt, daß ich ihn zum besten habe und er wird ungeduldig. In lebhafterem Ton fährt er fort:»Nun, es wundert mich, daß du dich heute auf einmal so lebhaft für diese Sitzung interessierst, ferner, daß du so eingehend nach den Einzelheiten fragst – überhaupt – –«

Darauf ich mit großer Ruhe:»Aber ich meinte nur so, mein Freund – nur um irgend etwas zu sagen. Ich dachte, du hättest es gern, wenn ich mich für deine Geschäfte interessierte. Wenn es dir so unangenehm ist, will ich es gewiß nicht wieder thun.«

Mein Mann möchte seine verschiedenen faux-pas wieder gut machen; er nimmt meine Hand und:»Du hast ganz recht, Liebste. Verzeih mir. Ich will dir offen sagen, ich glaubte, daß irgend ein Verdacht hinter deiner Frage steckte.«

Ich:»Was für ein Verdacht denn, um Gotteswillen.«

Er:»Nun, du hättest ja denken können, daß – daß ich dir etwas verheimlichte. Und du weißt, daß nichts mich tiefer kränken könnte. – – (Jetzt bin ich selbst nahe daran, die Geduld zu verlieren.) Du weißt, ich vertraue dir unbedingt und verlange auch meinerseits – – « Ich:»was?! Mein Liebster, willst du jetzt so anfangen? Nein, da hört sich alles auf! Das habe ich nicht um dich verdient und ich weiß wahrhaftig nicht, was dir einfällt.«

Mein Gatte, ganz geknickt:»Liebste – nein, ganz gewiß nicht – ich habe dir unrecht gethan. Gieb mir die Hand.«

Ich reiche ihm frostig meine Hand und wir beenden unsere Mahlzeit in tiefem Stillschweigen. Gleich darauf drückt Henri sich. Lieber bis fünf Uhr auf der Straße herumbummeln oder in dem bekannten»Home« Rue de la Terasse die Stunde abwarten, wie sich noch einmal der Gefahr einer derartigen Unterhaltung mit seiner Frau aussetzen.

Einmal ist es mir gelungen, ihn von seinem Rendezvous abzuhalten, ohne mich selbst dabei zu ärgern und ohne daß er eine Gelegenheit gefunden hätte, seinen Unmut zu äußern. Wie habe ich es genossen, ihn in seinem Lehnstuhl zappeln zu sehen wie ein Fisch an der Angel! Und erst meine Freude, wenn ich daran denke, wie meine Nebenbuhlerin, jene stattliche ältere Dame, in dem vereinsamten Entresol gesessen und vor Wut mit den Füßen auf den Boden herumgetrampelt hat. Und dann die Scene, die sie ihm beim nächsten Wiedersehen gemacht ... Ah!

So hat man auch als betrogene Gattin doch manchmal einen frohen Moment. Aber diese Momente kommen leider nicht oft genug, um einem das Leben zu verschönen, sie bieten nicht einmal genügenden Ersatz für all' die schlimmen Stunden der Eifersucht und des gekränkten Selbstgefühls. Mein Mann und seine Geliebte haben schließlich doch das bessere Teil erwählt.

Ich habe jetzt genug von diesen kleinen Scharmützeln. Bald werde ich an das große Werk der Rache gehn. Ich denke viel darüber nach, wie ich es anfangen soll.

Mobilisierung

5.

Es steht fest, ich muß zu einem starken Mittel greifen, um mich zu rächen und zwar sobald wie möglich. Das stärkste Mittel ist, den Betrüger mit gleicher Münze heimzuzahlen. Das Spiel ist alt, wie jede Komödie; aber das Leiden muß lokal behandelt werden, denn ich sehe keinen anderen Ausweg. Jetzt gilt es also einen Schlachtplan entwerfen, der möglichst gute Chancen bietet, sich an der Niederlage des anderen schadlos zu halten. Denn da ich nun einmal entschlossen bin, mich mit kalter Überlegung einem Manne hinzugeben, so sehe ich nicht ein, warum ich mir nicht wenigstens Jemand zum Liebhaber aussuchen soll, der mir gefällt und mich nicht langweilt. Es wäre doch zu dumm, wenn ich blos, um mich mit Genuß zu rächen, in Abenteuer hineinrennen wollte, die so viele andere Frauen nur um des Vergnügens willen suchen. Ich will mir einen annehmbaren Komplicen suchen und bin entschlossen, einen von den Männern dazu zu machen, die ich öfters sehe, kurz gesagt, die zu meinem engeren Gesellschaftskreis gehören. So setze ich mich wenigstens nicht der Gefahr aus, auf irgend einen Abenteurer hineinzufallen, der mich in unsaubere Skandalgeschichten verwickelt. Geld und Liebe sind, jenachdem, feindliche Mächte oder gute Verbündete. Mir persönlich will es scheinen, als ob alles, was Liebe heißt, unrettbar besudelt wird, sowie das Geld dabei in Frage kommt.

Mein Auserwählter muß einigermaßen jugendlich sein, aber doch nicht allzu grün. Wenn er mir sympathisch ist, mag er die Sache meinetwegen ernst nehmen, nur um Gotteswillen nicht tragisch. Mein Herz muß frei bleiben, und ich will der Sache ein Ende machen können, sobald es mir paßt, ohne Unannehmlichkeiten und ohne großes Drama.

Außerdem muß mein Partner viel Erfahrung besitzen und mehr Lebemann wie Romantiker sein und dabei selbstverständlich durch und durch Gentleman. Am liebsten wäre mir ein wohlkonservierter Mann zwischen fünfunddreißig und vierzig. Ich will keinen professionellen lady-killer. Im Gegensatz zu vielen meiner Bekannten kann ich nichts Schmeichelhaftes darin finden, einem Mann anzugehören, der erklärter Liebhaber von so und soviel Frauen ist. Trotzdem möchte ich nicht, daß er von anderen Frauen verschmäht würde. Das würde mich auch wieder kränken, wenn auch in anderer Weise. Er muß ein oder zwei eklatante Verhältnisse in der guten Gesellschaft gehabt haben und momentan frei sein. Ich habe nämlich keine Lust, mit anderen zu teilen. Nicht weil ich sentimental oder eifersüchtig wäre, aber es widerspricht meinen ästhetischen Prinzipien, die ich neulich schon hier entwickelt habe, als ich von meinen Gefühlen gegenüber der Untreue meines Mannes sprach.

Ob er schön sein muß? Gott im Himmel, er braucht nicht gerade ein Antinous zu sein, aber doch wenigstens sympathisch, das versteht sich von selbst – oder, warum soll man das Ding nicht gleich beim rechten Namen nennen? (ich bin ja ganz allein im Zimmer), er muß einen gewissen Reiz auf mich ausüben. Seitdem ich daran denke, meinem Mann gleiches mit gleichem zu vergelten, wirbeln mir wieder alle möglichen, längst entschlummerten Gefühle durch den Kopf. Man kann sich ganz gut an beständige Enthaltsamkeit gewöhnen, wenn man gar nicht dran denkt, daß es auch anders sein könnte. Ich war während der letzten drei Jahre meiner Ehe in dieser Lage, denn in dieser Zeit ließ mein Mann mich mehr und mehr links liegen. Ich hatte schon beinahe vergessen, daß ich ein Weib sei, oder es kam mir wenigstens nie zum Bewußtsein, daß die Frauen geschaffen sein könnten, die Männer zu erfreuen.

Die arme, liebesdurstige kleine Frau, die man in mir eingeschläfert hat! Aber jetzt ist sie wieder erwacht, seit 14 Tagen, und will sich nicht so ohne weiteres wieder beruhigen lassen. Unaufhörlich kommen die Erinnerungen an das erste Jahr meiner Ehe. Ach, es war doch schön! Es ist doch eigentlich das Schönste, was es giebt. Und so bequem, die Gelegenheit immer gleich bei der Hand zu haben, – und, wenn auch nur für einen Augenblick, alles andere zu vergessen. Die Garantie zu haben, daß jeder Tag wenigstens fünf glückliche Minuten mit sich bringt, das ist in diesem Jammerthal schon sehr viel wert, selbst wenn man diese Augenblicke des Rausches gar nicht mit rechnet,– man empfindet als junge, verliebte Frau auch in der Zwischenzeit ein so unsagbares Wohlgefühl, eine tiefe, glückatmende Ruhe. Der Volksmund hat das richtige Wort dafür, wenn die Frau aus dem Volk von ihrem Mann sagt, daß er ihr ihr »<tt>contentement</tt>« giebt.

Ich will durch meine Rache nicht nur meinem Selbstgefühl Genugthuung verschaffen; ich will auch mein »<tt>contentement</tt>« haben. Ich habe lange genug gefastet.

Während ich so dabei bin, die Eigenschaften, die mein zukünftiger Liebhaber notwendig haben muß, zusammenzustellen, wird es mir plötzlich klar, daß ich dabei unter dem Einfluß einer bestimmten Erinnerung stehe, daß ich im Grunde meines Herzens einen Gedanken hege, der immer festere Gestalt annimmt. Ich kenne einen Mann, dessen Persönlichkeit meinen Wünschen entspräche, halb unbewußt habe ich an ihn gedacht, während ich das Phantasiebild meines illegitimen Zukünftigen entwarf. Der betreffende heißt ganz einfach Monsieur Duzart. Er ist unverheiratet, war früher einmal Abgeordneter, hat sich dann ins Privatleben zurückgezogen und ist der Typus des Pariser Lebemannes, der überall anzutreffen ist und sich im übrigen mit Nichtsthun beschäftigt. Aber er betreibt das mit Geist und Grazie und hebt sich dadurch vorteilhaft von den anderen ab. Sein Äußeres paßt gut zu seinem Alter – er ist achtunddreißig, Wuchs und Haltung haben etwas Militärisches. Dabei ist er sehr elegant, hat schöne Haare und eine hübsche Gesichtsfarbe. – Wie er im Verkehr mit Frauen ist? Er hat gerade das in seinem Wesen, was wir an einem Mann gern sehen – eine Art zärtlicher Brutalität – wenn ich mich so ausdrücken darf. Und seine Abenteuer? Da ist die Geschichte mit der Prinzessin Baratoff. Das war vor zehn Jahren; übrigens ist sie inzwischen gestorben. Diese Liaison ist bekannt; die anderen sind mehr oder weniger Legenden. Die schöne Mme. Lamballier soll auch etwas mit ihm gehabt haben, und ebenso wird behauptet, daß die kleine de Salian seinetwegen ins Kloster gegangen sei.

Ob er jetzt eine oder mehrere Maitressen hat, ist mir gleichgültig. Mein Selbstgefühl sagt mir, daß ich trotzdem den Sieg davontragen werde. Ich bin hübsch genug, um einen Mann »zu fangen«, wie die Freundin meines Gatten sich geschmackvoll ausdrückt – wenn ich nur will.

Ich setze mich also gleich hin und schreibe meiner alten Freundin Mme. Dechesnin, sie möchte mich nächste Woche zum Diner einladen. Mr. Duzart gehört nämlich zu den Stammgästen ihres Hauses, er speist jeden Mittwoch und Samstag dort. Ich werde also mit ihm zusammenkommen, und mein Feldzug kann seinen Anfang nehmen.

Das Billet an Mme. Dechesnin ist unterzeichnet und gesiegelt – es ist die Mobilmachungsordre.

Das erste Scharmützel

6.

Der Anfang ist gemacht. Ich habe begonnen, meinen Racheplan in die That umzusetzen und habe bereits einen Verbündeten. Es ist Mr. Duzart, den ich mir dafür ausersehen hatte.

Ich traf ihn also letzten Samstag bei meiner guten Freundin Dechesnin und saß beim Diner neben ihm. Als wir uns zu Tisch setzten, sagte ich mir: Ich muß diesen Mann in mich verliebt machen und zwar heute abend noch, ehe die Uhr elf schlägt. Als ich gegen Mitternacht wieder zu Hause anlangte, mußte ich mir wohl oder übel gestehen, daß Mr. Duzart noch ebensowenig in mich verliebt war, wie ich in ihn.

Ich glaube, wir anständigen Frauen machen uns oft zu große Illusionen über die »Macht unserer Reize«. Aber Mr. Duzart war, obgleich er noch so gut wie gar nicht verliebt ist, sofort bei der Hand, jedenfalls die Rolle des Verliebten zu übernehmen.

Die Ereignisse, die sich bei diesem Diner abspielten, verdienen immerhin hier verzeichnet zu werden.

Sowie ich bei Tisch saß, fing ich natürlich an, mit meinem Nachbar zu plaudern, das heißt nicht mit Mr. Duzart, sondern mit dem zu meiner anderen Seite, irgend einem x-beliebigen Dinernachbar, der mich von seinen letzten Polopartieen unterhielt, bei denen er augenscheinlich eine glänzende Rolle gespielt hatte. Unterdessen beobachtete ich verstohlen meinen Nachbar zur Linken, mit dem ich noch kein Wort gewechselt hatte. Er verzehrte schweigend seine Gänseleberpastete und wandte sich von Zeit zu Zeit halb zu mir. Ich sah, daß irgend eine Frage auf seinen Lippen schwebte. Er hatte entschieden Lust, eine amüsante Pariser Unterhaltung mit mir anzufangen. Aber sobald ich das merkte, wandte ich mich gleich wieder an den jungen Polo-Clubman. Ich sog seine Worte förmlich ein und ermunterte seine Beredsamkeit durch erstaunte Fragen. Endlich hatte ich es so weit gebracht, daß Mr. Duzart ganz nervös wurde. Augenscheinlich dachte er: »Was fällt dieser Gans ein, daß sie so thut, als ob ich Luft für sie wäre?«

In diesem Moment ließ ich den jungen »Polo« mitsamt seinem Klub sitzen und wandte mich an meinen auserwählten zukünftigen »Illegitimen« mit der Bitte, mir etwas Wasser einzuschenken. Dabei schleuderte ich ihm einen Blick zu, in dem eine ganze Welt von süßen Verheißungen lag. Er war so überrascht und, wie ich glaube, so beglückt, daß er für einen Moment die Fassung verlor und etwas Wasser verschüttete. Stotternd entschuldigte er sich. Das war gerade, was ich wollte: er war verwirrt und erregt und vermochte sich nicht gleich zurecht zu finden. Ich kann es nämlich nicht leiden, wenn ein Mann von vornherein den Sieger mimt, wenn er stolz den Schnurrbart streicht und die Hacken zusammenschlägt ...

Fünf Minuten später unterhielten wir uns über die Liebe, dieses armselige, abgedroschene Thema, dem keiner von uns durch irgend eine witzige Bemerkung neuen Reiz zu verleihen wußte. Mein Gott, wie oft hatte ich früher schon im Gespräch mit anderen Tischnachbarn oder mit einem Hausfreund, – der das Privilegium besaß, auch außerhalb der Besuchsstunde zu kommen – mich über das »Mysterium der Liebe« ausgesprochen, und festgestellt, daß es selbst im Leben der anständigsten Frau doch wohl Momente gäbe, wo sie ihre Anständigkeit verwünscht, aber aus Furcht vor dem Ehebruch schließlich doch immer wieder an der Tugend festhält, gewissermaßen gegen ihren eigenen Willen. Ja, ich glaube wirklich, wir sind imstande, den Männern derartige Sachen zu sagen. Eigentlich fordern wir sie damit ganz naiv heraus, uns gewisse Garantien zu geben, ehe wir uns auf irgend ein Abenteuer einlassen.

Und Mr. Duzart verfehlte nicht, das sehr geschickt zu thun. Er zog sich mit der Gewandtheit eines Mannes aus der Affaire, der schon öfters über diesen Fall nachgedacht hat. Er versicherte mir, daß es mehr wie einen Mann gäbe, der bei allem sonstigen Skeptizismus die Liebe als etwas Ernstes auffasse und nach tieferen Gefühlen verlange, ohne jedoch den Freuden, die sie darböte, abhold zu sein. Jeder Mann, der einer verheirateten Frau die Cour macht, fühlt sich gewissermaßen verpflichtet, ihr alle möglichen unbekannten Freuden in Aussicht zu stellen.

Natürlich wollte Duzart damit sagen, daß er selbst zu dieser seltenen Art von Männern gehöre, daß er alle Geheimnisse der Liebe und alle ihre Wonnen kenne und bereit sei, mir beides zu Füßen zu legen. Ich ließ durchscheinen, daß ich ihn verstanden, und als das Diner zu Ende war, erhoben wir uns beiderseitig ganz befriedigt.

Als die Herren sich für eine halbe Stunde ins Rauchzimmer zurückzogen, mußten wir uns selbstverständlich so lange trennen und ich hatte das Vergnügen, endlose Unterhaltungen mit Freundinnen und verschiedenen älteren Freunden über mich ergehen lassen zu müssen, währenddem beobachtete er mich von ferne, und jeder Blick von ihm war eine Liebeserklärung. Später wurde musiziert und es gelang uns, das unterbrochene tête-à-tête in einer entlegenen Ecke des kleinen Salons fortzusetzen. Er nahm dicht neben mir auf einem Ecksofa Platz und begann mit einem gewissen Zittern in der Stimme, das ganz zur Situation paßte:»Madame, Sie wissen, daß ich den Flirt nicht als Beruf betreibe. Aber es würde mich sehr, sehr glücklich machen, wenn ich Sie bald wiedersehen dürfte, nachdem wir uns heute abend näher getreten sind. Aber ich bin nicht mehr jung genug, um mich der Gefahr auszusetzen, eine Frau zu lieben, die mich vielleicht nicht ganz ernst nimmt, und ich fühle, daß ich auf dem besten Wege bin, mich in Sie zu verlieben. Sagen Sie mir also ganz aufrichtig, was ich thun soll?«

Er brachte diese rührende kleine Rede wirklich sehr gut heraus. Sie war mir übrigens nicht mehr ganz neu, und ich wußte sehr gut, was er eigentlich damit sagen wollte. – Es sollte soviel heißen als: Madame, das Leben bietet mir Freuden genug, als daß ich Lust hätte, meine kostbare Zeit unnütz zu verlieren. Ich möchte Sie sehr gerne besuchen, aber unter der Bedingung, daß meine Besuche bei Ihnen im Schlafzimmer bei mir endigen.

Und da ich in der That, was diesen Gipfelpunkt unserer Beziehungen betraf, völlig mit ihm übereinstimmte, gab ich zur Antwort, während ich unverwandt auf das Blumenmuster des Teppichs blickte:»Besuchen Sie mich nächsten Dienstag etwas vor drei zu einem Plauderstündchen.«

Er faßte meine Hand und drückte sie – (das Moment der Leidenschaft in der Liebespantomime); dann verließ er mich mit zögernden Schritten, wie jemand, den das Übermaß des Glückes fast überwältigt. Ich bin überzeugt, daß er dabei dachte:»Dieser kleine Racker, der so harmlos aussieht, hat es faustdick hinter den Ohren.«

Der Aufmarsch

7.

Monsieur Duzart ist augenscheinlich viel mehr ladykiller, als man nach allem, was man über ihn hört, denken sollte. Er hat sich neulich Abend mit sehr viel Geschick um die Kandidatur für meine linke Hand beworben und die vorläufige Liebeserklärung in sehr angemessener Weise von Stapel gelassen. Aber die Sache muß doch im wirklichen Leben viel schwieriger sein, wie in Romanen.

Um von der alltäglichen Konversation auf ein frivol-erotisches Gespräch hinüberzulenken, bedarf es einer Art von musikalischem Verständnis, das aber nicht jedermanns Sache ist. Die meisten Frauen sind darin sehr nachsichtig und begnügen sich mit dem, was ihnen geboten wird, ohne Form und Inhalt näher zu prüfen.

Die zweite Talentprobe meines Illegitimen in spe war, daß er dafür sorgte, den Eindruck seiner ersten Attacke frisch zu erhalten. Am Morgen nach dem Diner bei meiner guten Freundin Dechesnin bekam ich einen langen Brief von ihm, und einige Stellen in diesem Briefe waren, weiß Gott, nicht übel, was er da sagt, ist sogar so gut, daß ich beinahe Zweifeln möchte, ob er das aus sich selbst hat. Er weiß mit großer Gewandtheit schon im voraus eine Antwort zu finden, die alle Einwände zu nichte macht; – eine anständige Frau kann nun doch einmal nicht umhin, sich selbst alle möglichen Bedenken vorzuhalten, ehe sie sich darüber klar wird, ob sie den Schritt wagen soll oder nicht.

Da heißt es Zum Beispiel in seinem Brief: »Gnädige Frau, Sie sind nun wieder in Ihr Heim zurückgekehrt, und es werden mehrere Tage darüber hingehen, bis wir uns wiedersehen. Es wäre nicht unmöglich, daß Sie bis dahin alles vergessen haben, was ich Ihnen am gestrigen Abend gesagt, oder daß Sie nichts mehr davon wissen wollen. – Nun, und wenn ich dann zur festgesetzten Stunde bei Ihnen erscheine, so stehe ich möglicherweise einer Dame gegenüber, die mich nicht einmal wieder erkennt und die mittlerweile für mich selbst eine Fremde geworden ist.

»Ich flehe Sie an, mir diesen Schmerz zu ersparen. Sie würden Ihren Freund damit aufs tiefste verwunden, denn seine Gefühle sind unverändert geblieben; noch mehr: der stete Gedanke an Sie hat sein Herz entflammt. Ich möchte Sie so wiederfinden, wie ich Sie gestern abend verlassen habe, wenn das nicht möglich ist, bitte ich Sie aufrichtig, schreiben Sie mir lieber, daß ich nicht kommen soll. Sie mögen es ja einkleiden, wie Sie wollen.«

Nicht wahr, das ist gut gesagt, aber ich finde, er macht es doch fast zu deutlich. Und dann weiter:»Sehen Sie, die Freundschaft, die gestern bei Tisch so zufällig zwischen uns entstanden ist, ist für mich fortan etwas Heiliges. Ich bin kein professioneller Verführer und ich bitte Sie, mir zu glauben, daß ich nicht jedesmal, wo ich eine hübsche junge Frau zur Tischnachbarin habe, den Versuch mache, das Gespräch auf erotische Dinge zu bringen. Natürlich habe ich, wie jeder Mann meines Alters, meine Erlebnisse hinter mir. Ich habe nicht oft, aber dann leidenschaftlich geliebt; denn ich halte die Liebe für das höchste Gut dieses Lebens, nicht nur wegen der Freuden, sondern auch wegen der Leiden, die sie mit sich bringt.

»Deshalb habe ich mich auch mit der gegenwärtigen Vereinsamung meines Herzens – denn es war einsam, bis ich Sie kennen lernte – abgefunden.«

Auch diese letzte Wendung ist sehr geschickt, denn ich kann daraus zwei wichtige Thatsachen entnehmen: daß Mr. Duzart mich ernst nimmt und daß er kein anderes Verhältnis hat. Und ich will, daß man mich ernst nimmt, selbst wenn ich – wie in diesem Fall, – geneigt sein sollte, meinen Partner nicht so feierlich aufzufassen. Eigentlich – wenn ich ganz offen sein soll – möchte ich sogar, daß eben dieser Partner sein möglichstes thut, um mich von seinen »ernst gemeinten Absichten« zu überzeugen. Da habe ich mich wirklich etwas dumm ausgedrückt, aber da meine Aufzeichnungen nur für mich selbst bestimmt sind, macht es nichts. Schließlich will ich es auch nicht haben, daß der Mann meiner Wahl auch nur durch den Gedanken an ein anderes Weib besudelt wird. Ich habe hier in meinem Tagebuch schon zweimal meine ästhetischen Prinzipien in physischer und moralischer Beziehung ausgesprochen, die mich vor dem Gedanken an ein derartiges Kompagniegeschäft zurückschrecken lassen.

Alle diese Empfindungen: der Wunsch, sich ernst aufgefaßt zu wissen und der Widerwille vor jeder Teilung gehören wohl nicht gerade zu den Seltenheiten; ich glaube, daß alle Frauen mehr oder weniger so empfinden. Aber immerhin ist es schon sehr viel, daß Mr. Duzart von selbst daran gedacht hat.

Am Schluß des Briefes kommen noch einige zärtliche Redensarten, die feurigere Wünsche durchscheinen lassen und gerade das ist schon sehr notwendig, wenn man etwas von uns erreichen will. Ich glaube, selbst den fischblütigsten Frauen macht es Freude, Männerherzen in Brand zu setzen; es schmeichelt ihrer Eitelkeit und macht die Sache so pikant, daß sie sich schließlich ebenso verliebt gebärden, wie andere, die wirklich Temperament besitzen.

Meine Angelegenheit ist also im besten Zug. Ich bin ganz zufrieden. Meine morganatische Ehe läßt sich ganz gut an, und ich habe allen Grund, hoffen zu dürfen, daß ich meine kleine Rache auf eine nicht zu unangenehme Art und Weise vollführen kann – und das ist mein gutes Recht. Ein Resultat habe ich schon zu verzeichnen, nämlich, daß mein eigenes Geheimnis mich schon viel mehr beschäftigt, wie das meines Gatten. Soviel ist gewiß, mein Roman ist weit interessanter, wie der seinige, und Monsieur Duzart und ich werden ganz gewiß ein geschmackvolleres Paar abgeben, wie das in der Rue de la Terasse.

*

Am Abend desselben Tages.

Heute sah ich Mme. Dechesnin. Selbstverständlich sprachen wir von ihm. Sie machte mir alle möglichen vertraulichen Mitteilungen über ihn. Darin sind »alte Freundinnen«, die für äußerst diskret gelten, gewöhnlich groß. Sie klatschen bis zur Bewußtlosigkeit über die Männer, deren Vertraute sie sind. Wenn ich jemals Duzarts Geliebte werde, will ich ihm darüber die Leviten lesen.

Wenn ich jemals – – das ist es gerade, was mir noch zweifelhaft ist. Mutter Dechesnin hat da etwas ausgeplaudert, was mir gar nicht gefällt. Duzart soll eine Liaison mit jemand aus der guten Gesellschaft haben, mit der kleinen d'Espaule, von der dieses Teufelsweib von Bertha sagt: »Für zwei Groschen Fleisch und vier Groschen Knochen«. Soviel ist gewiß, wenn man sich seine Geliebte nach dem

Gewicht aussuchte, würde sie gar nicht mitzählen. Trotzdem hat es mich verstimmt und ich werde dem glücklichen Besitzer von:»Für zwei Groschen Fleisch und vier Groschen Knochen« bei der nächsten Gelegenheit seinen Standpunkt klar machen.

Nein, ist das dumm! Da kommen mir wahrhaftig Thränen in die Augen. Nein, nein, ich will nicht weinen, ich will nicht nervös sein. Ich pfeife auf Mr. Duzart und seine Mißgeburt von einer Maitresse.

An der Grenze

8.

Nach Sully-Prudhomme giebt es in der realen Liebe einen spezifisch ausschlaggebenden Moment, und das ist nicht etwa, wie manche Frauen denken, der Augenblick, wo die verheiratete Frau sich ihrem Geliebten zum ersten Male hingiebt. Obgleich es bei mir noch nicht dazu gekommen ist, glaube ich von vornherein, daß das außereheliche Verhältnis der Ehe selbst sehr ähnlich sein muß, was nicht gerade besonders amüsant ist.

Der Moment, der in der Ehe fehlt (da die Ehe nach dem Gesetz eine sittliche Institution ist), dafür aber in der freien Liebe eine große Rolle spielt, ist der, wo Don Juan, nachdem er erst seine Überredungskunst hat spielen lassen, nunmehr zur Aktion schreitet und sich gewisse kleine Freiheiten erlaubt, die uns sanft und allmählich nach Cythera hinüberleiten. Nun und diesen Moment habe ich gestern erlebt, als Mr. Duzart mir seinen Besuch machte, den offiziellen Besuch, in dem er um mich »anhielt«. Wir hatten alle beide entsprechende Toilette gemacht. Ich lag halb ausgestreckt auf einer Chaiselongue, zwischen zahlreichen Kissen, angethan mit einem höchst eleganten Negligée von malvenfarbenem Ton, die Unterkleider von Surah und möglichst anschließend, um meine Formen aufs vorteilhafteste hervortreten zu lassen. Der ganze Salon war voll von Orchideen. Ich hatte sie selbst am Vormittag in der Markthalle gekauft (für einen Louisdor – man muß sparsam sein). Ich habe die beste Absicht, meinen Mann zu betrügen, aber ohne unsern gemeinsamen Haushalt in Unkosten zu stürzen.

Neben mir auf einem orientalischen Tabouret lag ein Buch von Bourget, nachlässig hingeworfen, ein kürzlich in eleganter Ausstattung erschienenes Bändchen: Steeple-Chase. Die Blumen waren dazu da, um Mr. Duzart bei seinem Eintritt in meinen Salon zu sagen: Sie sehen sich hier in dem Gemach einer Frau, die Sinn für alles Zarte, Seltene und Auserlesene hat. Und das kleine Buch sollte ihm zu verstehen geben: und diese Frau besitzt außerdem einen Geist, der über den Durchschnitt hinausgeht. Selbst die kompliziertesten Fragen des Gefühlslebens sind kein Geheimnis für sie.

Im Grunde bin ich so wie alle anderen Frauen, – für jeden starken Eindruck leicht empfänglich, und wenn die Gelegenheit darnach ist, auch tiefergehender Gefühle fähig. Ich kann weich werden und träumen. Aber ich glaube, die Männer haben es nicht gern, wenn man ihnen alles gerade heraus sagt.

Sein Äußeres dagegen deutete darauf hin, daß er den Eindruck einer »Antrittsvisite« vermeiden wollte. Er kam ohne Überzieher, in einem Jackett, das entschieden von einem ersten Schneider stammte. Ein Mann im Paletot auf den Knieen vor seiner Geliebten, das wäre die reinste Comedie-française. Übrigens bewies er mir auch vom ersten Moment an, daß er mir keinen »Besuch« machen wollte. Er bat mich gleich, dieses Wiedersehen als eine Art Rendezvous betrachten zu dürfen.

Und während er von diesem »harmlosesten aller Rendezvous« sprach, überlegte er sichtlich, wie er ihm am besten diese Harmlosigkeit rauben könnte. Er saß mir gegenüber auf einem Lehnstuhl und inspizierte dabei meine Chaiselongue von allen Seiten. Ich sah, wie er mit den Augen den Platz abmaß, wo er sich wohl am besten niederlassen könnte. Etwas beunruhigte mich dabei und interessierte mich auf's höchste, nämlich: Was wird er nur mit seinem Hut anfangen? Es ist ganz unmöglich, mit dem Cylinder in der Hand auch nur den geringsten Angriff auf die Dame des Hauses zu unternehmen.

Aber er wußte das Problem mit Grazie zu lösen:

»Sie haben vorhin gelesen? und was, wenn ich fragen darf?« Dabei nahm er das Buch vom Tisch und legte seinen Hut ganz harmlos an dessen Stelle: »Aha, den neuen kleinen Bourget – gefährliche Lektüre für eine moderne junge Frau. – Haben Sie nicht bemerkt, daß eine von den Illustrationen Ihnen etwas ähnlich sieht?«

Und unter dem Vorwand, mir die betreffende Illustration zu zeigen, setzte er sich neben mich. Und ich spielte ein bischen Francesca da Rimini und blickte mit ihm in die Seiten des Buches, die er rasch umblätterte. Natürlich fand er die angebliche Ähnlichkeit nicht, verzichtete auch gleich auf weiteres Suchen und »der neue kleine Bourget« glitt zu Boden, wobei der Umschlag einen Riß bekam, (was weitere Unkosten von 1 Franc 75 Cents für die Gütergemeinschaft zwischen meinem Mann und mir bedeutete). Mein »Besuch«

atmete sodann den Duft meiner Haare ein, als ob sie die seltensten Parfüms enthielten und erlaubte sich seinen Mund meinen Lippen zu nähern. Ich fand sein Vorgehen etwas übereilt und wich ein wenig zurück, halb aus Instinkt, halb aus Überlegung. Nun flüsterte er leise: »O verzeihen Sie mir« und begnügte sich damit, meine linke Hand in der seinen zu halten und sie mit heißen flammenden Küssen zu bedecken, wobei ich seine Zähne auf meiner Haut fühlte. – Plötzlich sah er, daß ich lächelte.

»Warum lachen Sie?«

Sofort war ich wieder ernst.

»Ich lache nicht. Ich bin nur etwas nervös. Sie müssen mir deshalb nicht böse sein.«

Es hätte der Wahrheit mehr entsprochen, wenn ich gesagt hätte, daß mich der Widerspruch zwischen diesen scheinbaren Anzeichen einer wilden Leidenschaft und dem gut bürgerlichen kleinen Abenteuer, das zwischen uns in Scene gehen sollte, zum Lachen reizte. Ich weiß nicht, warum mir in diesem Augenblick Donna Sal einfiel, wenn sie sagt: »Du bist mein Löwe, ritterlich und stolz« und ich lachte darüber, daß Mr. Duzart, trotzdem er seine Zähne in meine Hand grub, niemals etwas von einem verliebten Löwen haben würde.

Es ist für mich ganz überflüssig, hier aufzuzeichnen, was alles für kleine Sünden an diesem Tage noch angesichts der Orchideen und des kleinen Buches von Bourget in meinem Salon begangen wurden. Bis zum äußersten kam es nicht, mein Mann kann sich immer noch rühmen, nicht das zu sein, was so viele Männer sind, die sogar einen größeren Wert haben, als er. Ich bin immer noch eine anständige Frau, die vor allen Müttern und Schwiegermüttern von ganz Frankreich mit Ehren bestehen kann. Man möge mich nicht mißverstehen: Die Grenze der Tugend war noch nicht überschritten, als Mr. Duzart den Duft meiner Haare einsog und meine Hände mit seinen harmlosen kleinen Bissen bedeckte, sie war es nach meinem Gefühl auch dann noch nicht, als er meine Lippen mit seinem Kuß berührte, ohne daß ich irgend welchen Widerstand leistete. – Nein, die Tugend wurde erst ein paar Minuten später erschüttert, als er in seinem leidenschaftlichen Werben um mich in mir zum erstenmal eine gewisse sinnliche Empfindung hervorrief. Es war mir geradezu peinlich einen Mann, für den ich schließlich doch absolut keine Liebe empfinde, zu erregen, indem ich ihm etwas von mir hingab. Aber ich sagte mir, um mich zu zwingen: es muß sein, es geht nicht anders. Das gehört eben mit zur Liebe. Es ist unumgänglich notwendig, daß dieser Mann mich leidenschaftlich begehrt; er darf mich nicht anders, wie rasend verliebt verlassen. Und Monsieur Duzart that wirklich sein Bestes, um mir seine Leidenschaft zu beweisen. Ob er seinerseits wohl ganz aufrichtig war? Oder bemühte er sich nur, gleich mir, seine Rolle gut zu spielen. Ich glaube, wir überschätzen sehr oft das Temperament der Männer und nehmen jene Erregung bei ihnen zu ernst, die wir, indem wir uns halb hingeben, in ihnen erwecken. – Wir dürfen dann nicht vergessen, daß sie nur einen Wagen zu nehmen brauchen, um bei tausend und abertausend Frauen die bequemste Befriedigung ihrer Wünsche zu finden.

Waffenstillstand

9.

Ich habe den nächsten Dienstag auf meinem Kalender mit einem
Kreuz bezeichnet. Es ist der 19. August, und an diesem Tage wird
meine Tugend in den Armen Duzarts unterliegen. Es verursacht mir
ein sonderbares Gefühl, genau auf den Tag zu wissen, daß es also
dazu kommen wird, und eigentlich ist es ganz interessant und be-
lustigend für mein unerfahrenes Gemüt. Mir ist, als ob ein leichtes
Feuer in meinen Adern brenne, und darin liegt ein gewisser Reiz.
Ich fange an, Geschmack für dieses monotone Pariser Leben zu
bekommen, bei dem man sich, wenn man zehn Jahre lang mitge-
macht hat, mehr langweilt, wie eine alte Betschwester auf dem Lan-
de. Ja, ich empfinde den ganzen Reiz, der im Verbotenen, in der
Sünde liegt, – um es ganz offen zu sagen, im Unanständigen. Dabei
kommen mir die Erinnerungen an meine Schulmädchenzeit, wo wir
halbwüchsige Rangen uns an unserem halb naiven, halb perversen
Spiel erregten und belustigten. Und doch, die Medaille hat auch
ihre Kehrseite. Wenn ich einen Augenblick ruhig darüber nachden-
ke oder wenn irgend ein zufällig ausgesprochenes Wort mir plötzlich die brutale Thatsache vor die Augen rückt: Du sollst Dich einem Manne hingeben, der nicht Dein Gatte ist, – so überkommt
mich eine physische Angst, die mich vom Kopf bis zu den Füßen
durchschauert und mir gradezu Schmerzen verursacht, woher mag
das kommen? Ist es mein Körper, der sich dagegen empört? Oder
regt sich etwa das Gewissen in mir? Ich weiß es selbst nicht. Ich
möchte aber eher glauben, daß es mein Körper ist, denn ich besitze
eigentlich kein Gewissen mehr. Und das ist nicht meine Schuld.
Man hat es in mir getötet. Das Leben selbst hat es in mir getötet. Ich
war ebenso gut wie alle anderen, als ich mich verheiratete, aber ich
habe zu oft vom Ehebruch reden hören, wie von einer Bagatelle.
Man hört so oft: »Mme. X. hat ein Verhältnis mit Herrn Y.« oder:
»Diese und jene Dame aus der Gesellschaft hat sehr viel hinter
sich,« und dann sah ich, wie man Mme. X. umarmte und Mr. N. die
Hand schüttelte und sich geradezu drängte, um bei einer gewissen
Dame eingeladen zu werden, die, wie alle Welt weiß, Kokotte war.
Dann und wann dringt irgend eine Legende von einem betrogenen

Ehemann oder einer eifersüchtigen Frau, die zum Revolver greifen, an mein Ohr, aber eigentlich nur im Theater. In unseren Kreisen – wo wäre da ein Mann oder eine Frau zu finden, die so etwas thäte. Höchstens einmal irgend ein verkommenes Subjekt, dem man keine fünf Louisdors borgen möchte und in dessen Vergangenheit regelmäßig schmutzige Geldgeschichten oder Sittlichkeitsverbrechen spielen (so etwas kommt gewöhnlich erst vor Gericht an den Tag) aber in der wirklichen guten Gesellschaft – niemals. Eine anständige Scheidung genügt selbst den aufgeregtesten Gemütern, und die meisten beschränken sich darauf, ein Auge zuzudrücken – wie ich es bis jetzt gethan habe, oder – Gleiches mit Gleichem zu vergelten – wie ich es nächsten Dienstag zu thun gedenke.

Nein, wirklich, ich habe das Gefühl für die Moral in der Ehe verloren; aber ich lege Wert auf die Ästhetik und darum schaudert mir bei dem Gedanken, zwei verschiedenen Männern gleichzeitig anzugehören. Das, glaube ich, charakterisiert am besten meine Empfindung. Darum mochte ich auch mit meinem Mann nichts mehr zu thun haben, sobald ich wußte, daß er sich mit anderen Frauen abgab. Die Sinnenlust der anderen widerte mich an.

Ich bin überzeugt, daß von den Pariser Frauen viele so denken wie ich. Was sie ihr Gewissen nennen, ist nur eine Art nervöser Gereiztheit in dem Gedanken an die Liebesfreuden anderer.

Gestern Abend gab es eine Scene zwischen meinen Mann und mir, die für einen eingeweihten Dritten sehr komisch gewesen wäre – eine Scene zwischen zwei Eheleuten, die scheinbar ganz gut miteinander leben, und von denen einer den andern seit mehr wie einem Jahr hintergeht, während dieser andere sich gerade anschickt, es dem einen mit gleicher Münze heimzuzahlen.

Henri kam schweigsam und verstört nach Hause und zeigte nichts von jener gezwungenen Munterkeit und künstlichen Liebenswürdigkeit, mit der er mir sonst nach seinen Rendezvous in der Rue de la Terrasse begegnet (trotzdem kam er natürlich von dort). Er war kaum imstande etwas zu essen, obwohl er sich alle Mühe gab und schien wirklich nicht wohl zu sein. Ich dachte mir gleich, um was es sich handelte. Er litt wieder am Herzen, – das heißt – dieses Mal in physischer Beziehung. Er hat nämlich häufig Herzklopfen und Beklemmungen. Und in diesem Zustand ist die geringste Bewegung und das unbedeutendste Geräusch geradezu eine Folter für ihn. Wahrscheinlich hatte Mme. Lehugueur an diesem Tage ihre Verführungskünste ganz gefährlich spielen lassen, denn ihr bedauernswerter Liebhaber machte wirklich einen trostlosen Eindruck. Er verzichtete auf sein Mittagessen, noch ehe der Braten kam und legte sich im anderen Zimmer auf die Chaiselongue, kaum imstande zu atmen und sichtlich bemüht, jede Bewegung zu vermeiden, damit die abscheulichen Schmerzen nicht noch ärger würden.

Wenn ich ihn so sehe, schlagen alle meine Gefühle in Mitleid um. Ich machte die barmherzige Schwester, kleidete meinen Kranken ganz behutsam aus, um ihm jede Bewegung zu ersparen und brachte ihn dann zu Bett. Schweratmend legte er sich nieder. Dann rieb ich ihm die Brust mit Branntwein, diese Brust, auf die Mme. Lehugueur ach, wie oft, ihre Lippen gepreßt hatte – schraubte die Lampe herunter und setzte mich an sein Bett. Es giebt bei diesem Leiden kein anderes Mittel, wie absolute Ruhe, ein dunkeles Zimmer und Geduld, Henri leidet in solchen Momenten keinen Menschen außer mir in seiner Nähe. Das habe ich also doch vor Mme. Lehugueur und Mme. Vigilance voraus.

Ich verlor meine Zeit übrigens nicht mit Betrachtungen über den Widerspruch zwischen meiner Rolle als hingebende Krankenpflegerin von heute und der treulosen Gattin von morgen. Ich habe mich nur bemüht, mir darüber klar zu werden, wieviel aufrichtiges Gefühl für diesen Kranken, an dessen Lager ich wachte, noch in mir zurückgeblieben war. Und da empfand ich es doch, daß sein Verlust ein schwerer Kummer für mich sein würde, vielleicht noch schwerer, wie der eines Kindes, dem gegenüber man sich doch nichts vorzuwerfen hat. Ja wirklich, es schmerzt mich, ihn körperlich leiden zu sehen, es macht mich wider Willen traurig. Und ich bin überzeugt, daß auch er totunglücklich wäre, wenn ich stürbe, oder schwer krank würde. Denn, abgesehen von dem bischen Sinnlichkeit und den kleinen Bosheiten, besteht doch noch etwas anderes zwischen uns: eine undefinierbare Zusammengehörigkeit, die nichts mit materiellen Interessen zu thun hat, sondern weit über diesen und über dem gegenseitigen Egoismus steht – mit einem Wort, etwas Höheres und Besseres.

Ich möchte wissen, woraus sich dieses seltsame Gefühl zusammensetzt, das uns nicht daran hindert, auf dem Gebiete der Liebe als Feinde einander gegenüberzustehen und uns alles mögliche Leid zuzufügen. Ist es Liebe? Nein – Oder Gewohnheit? Vielleicht ist es das. Henri und ich haben nun schon fünf Jahre lang gemeinschaftlich das Joch des Lebens getragen, und ich glaube, wir haben uns darum gern, weil ein jedes von uns während dieser Zeit die gleichen Leiden durchgemacht hat.

Nach und nach erholte Henri sich wieder, die Ruhe und die Stille thaten ihm wohl und er schlief ein paar Minuten. Beim Erwachen regte sich plötzlich das Gefühl der Dankbarkeit gegen mich, die so gut zu ihm war; er suchte mit der Hand mein Gesicht zu berühren. Ich beugte mich über ihn und er küßte mich liebevoll auf den Hals. Ich ließ es geschehen, ich empfand sogar Freude darüber.

Selbstverständlich wird dieses kleine Intermezzo von häuslichem Glück weder an dem Lebenswandel meines Gatten, noch an meinen Vorsätzen für morgen etwas ändern.

Feldmarschmäßig

10.

Heute Nachmittag um ein viertel nach vier habe ich mein Rendezvous mit Mr. Duzart wegen der bekannten beschlossenen »Kleinigkeit«. Er hat eine eigene Wohnung für derartige Anlässe und in dieser Wohnung wird meine Tugend also ihren Todesstoß bekommen. Wie vielen Frauen mag dort schon dasselbe passiert sein? Ich habe ihm diese Frage vorgelegt – selbstverständlich ohne alle Bitterkeit, und er antwortete, ganz wie es sich gehörte: »Nun, mein Gott, ich will nicht leugnen, daß außer Ihnen, meine teuere Freundin, schon zweimal eine Person Ihres Geschlechts die Bekanntschaft mit meiner kleinen Junggesellenwohnung gemacht hat, aber das waren nur vorüberstreifende Zugvögel, deren Spur sowohl in meinem Hause, wie auch in meinem Gedächtnis längst verwischt ist. Im Stillen dachte ich bei mir: Ob ich wohl die erste bin, die diese schöne Rede zu hören bekommt. Seinen »Zugvögeln« hat er sie gehalten, so wie er es von mir eines Tages auch thun wird. Die Zeit wird kommen, wo auch ich nur ein vorüberstreifender Zugvogel für ihn gewesen bin.

Es ist noch ein erheiternder Umstand dabei: Die betreffende Garçonwohnung befindet sich Rue Demours Nr. 7, also in demselben Viertel wie die Rue de la Terrasse, wo mein Gatte sich sein Sündenparadies eingerichtet hat. Wenn unser Rendezvous nun einmal auf denselben Tag fiele? Könnte man sich etwas komischeres vorstellen, als eine Begegnung zweier schuldiger Ehegatten auf dem Trottoir der Avenue Villiers.

Es ist zwei Uhr nachmittags. Henri ist seinen Geschäften nachgegangen. Unser gemeinsames Frühstück verlief ganz heiter. Ich war ein wenig nervös (kein Wunder, nicht wahr?) und infolge dessen mehr zum plaudern aufgelegt wie sonst. Und dann, – nun, wie soll ich sagen? – empfand ich so eine Art von beinah feiger, rührseliger Zuneigung für meinen armen Mann, den ich ein paar Stunden später betrügen wollte. Ich war nervös und wäre beinah in Thränen ausgebrochen. Am Ende wäre ich dann sogar imstande gewesen, ihm alles zu gestehen; aber ich nahm mich zusammen und spielte die Tapfere. Ich war lustig, scherzte und lachte und trank Wein ohne Wasser. Jetzt, wo ich wieder allein in meinem Zimmer bin und mich eingeschlossen habe, muß ich mir offen eingestehen, daß es mit meiner Fröhlichkeit nicht weit her ist und daß das, was mir bevorsteht, mich absolut nicht lockt. Ja, wenn man dem Verführer so ohne weiteres in die Arme fallen könnte, ohne jedes Vorspiel und ohne selbst irgend was dazu zu thun, – wenn alle diese tausend kleinen Nebenumstände wegfielen, die die verbotene Liebe ins Banale und Lächerliche hinabziehen, dann würde ich jetzt vielleicht voll Wonne und Ungeduld den Zeiger meiner Uhr von Minute zu Minute vorrücken sehen. Könnte man sich doch wenigstens, wie bei einer Entbindung, chloroformieren und dem anderen die Ausübung der Rache allein überlassen.

Nein, Gott weiß, ich bin heute nachmittag nicht dazu aufgelegt. Ich gehe überhaupt nicht hin. Ich schicke ihm ein Billet:»Mein lieber Freund, seien Sie mir nicht böse. Ich fühle mich heute wirklich nicht wohl genug, um Ihnen den versprochenen kleinen Besuch zu machen. Seien Sie deswegen nicht ungehalten. Ich wäre so wie so nicht imstande gewesen, Ihnen etwas anderes zu sein, wie ein vollkommen korrekter Besuch. Und ich will es Ihnen gestehen, ich selbst trage gar kein Verlangen nach so viel Korrektheit.

Ich reiche Ihnen in Gedanken meine Lippen Zum Kuß.«   S. –

So – und nun die Adresse:

Monsieur Duzart
7 Rue Demours.

Das wäre in Ordnung. Aber meine Nachricht wird nicht rechtzeitig in seine Hände gelangen. Einem Dienstmädchen mag ich sie natürlich nicht anvertrauen. Ich muß sie also selbst besorgen. Es wird drei Uhr sein, wann ich das Billet in den Kasten werfe. Gott weiß, wann es befördert und erst recht, wann es ausgetragen wird. Er wird vor Ungeduld in seiner einsamen Wohnung toben, wütend werden – er ist imstande, alles abzubrechen und überhaupt kein Lebenszeichen mehr von sich zu geben. Nun – und dann? was dann? Nein, das darf nicht geschehen, daß er mich fahren läßt. Meine Rache muß vollzogen werden, und ich habe keine Lust, die ganze Komödie mit irgend einem andern, der noch weniger Anziehungskraft für mich besäße, wie dieser, – jetzt, wo ich schon halb damit durch bin, noch einmal von vorne zu beginnen.

Meine Depesche liegt in vier Stücke zerrissen im Kamin. Nur nicht unvorsichtig! Ich suche die vier Fetzen wieder heraus und verbrenne einen nach dem anderen an der Flamme, die eben dazu gedient hat, meine Haare zu kräuseln.

Das Schicksal ist mit Mr. Duzart. Ich gehe.

Es giebt in der Toilettenfrage ein Gebiet, mit dem weder Schneider noch Weißnäherin etwas zu thun haben. Ach, ich bin nicht ganz zufrieden mit mir selbst, ich möchte noch hübscher sein. Ich glaube, die Tugend sehr vieler Frauen hat ihren Grund darin, daß sie die Hilfe des Schneiders und der Weißnäherin absolut nicht entbehren können und sich vor dem Eindruck fürchten, den ihre »Reize« auf den Gegenpart ausüben könnten. Nein, eine Dame der großen Welt in meinem Alter bietet wirklich keinen schönen Anblick, wenn sie etwa »<tt>en flagrant délit</tt>« ertappt werden sollte. Ich selbst gelte zum Beispiel allgemein für eine hübsche Frau, man sieht sich sogar auf der Straße nach mir um, und ich mache Furore im Theater und auf Bällen. – Und doch – wenn ich mich so wie jetzt eben im Spiegel betrachte – an Mr. Duzarts Stelle würde ich meine Zofe mir selber vorziehen – sie ist nicht schön, aber sie ist ein »junges Mädchen«, ein frisches Ding von neunzehn Jahren.

Man sollte allen Frauen, die über dreißig sind und Kinder gehabt haben, die Liebe einfach verbieten, ebenso wie den Männern mit <tt>embonpoint</tt> und kahlem Kopf.

Aber schließlich – die Rue Demours ist ziemlich düster, und ein wenig Schüchternheit wird das ihrige thun. Sorgen wir wenigstens dafür, daß der erste Eindruck einigermaßen befriedigend ausfällt und rüsten wir uns, so gut wie es geht, für den bevorstehenden Feldzug. Wie alle anderen Frauen aus unseren Kreisen (sie mögen nun behaupten, was sie wollen), so besitze auch ich drei nuanzierte Kategorien von Unterkleidern, nämlich:

Erstens: »Die legitime Gattin«. Hemden und Beinkleider von feinem Battist mit schmalen Valenciennesspitzen oder einfach festonniert. Alles sehr teuer, solide und bequem zum Tragen, damit man nicht zu befürchten braucht, es bei einer heftigen Bewegung zu zerreißen oder zerrissen von der Wäscherin zurückzubekommen. Aber allzu »chic« darf es nicht sein.

Zweitens: »Die kleine Caprice«. Die läßt man sich von seiner Kammerjungfer nähen, wenn man im Frühjahr, ohne recht zu wissen, warum, im Ausverkauf irgend einen verlockenden Stoff erstanden hat. Hemdchen, wie man sie als »junges Mädchen« trägt, von hellblau und rosa gestreiftem Halbleinen. Die Ehemänner haben ein besonderes Faible für diese Sachen und begeistern sich noch mehr dafür, wenn man ihnen sagt, daß sie fast gar nichts gekostet haben.

Drittens schließlich: »Die Cocotte«. Von dieser Sorte besitzen alle Frauen wenigstens ein paar. Einmal geben unsere Mütter uns welche mit zur Aussteuer und später kommt einem hier und da die Laune, sich so etwas machen zu lassen, wenn man im Bois zufällig einen Einblick in die Toilette einer Demimondaine thut, im Moment, wo sie aus ihrer Viktoria steigt, oder die Réjane in »Ma Cousine« auftreten sieht. Wenn wir fühlen, daß die eheliche Liebe zu erkalten beginnt, nehmen wir unsere Zuflucht zu diesen Hemden mit dem tief herabgehenden Spitzeneinsatz. Und am Abend kleidet man sich dann ganz langsam aus, um die Aufmerksamkeit des Gatten zu erregen. Ja wohl! ... Der liest ganz gemütlich seinen »Figaro« und blickt nicht einmal auf, wenn man dann ganz bescheiden zu äußern wagt: »Nun, wie gefallen dir meine neuen Hemden?« so sagt er vielleicht, ohne überhaupt hinzusehen: »Ganz nett!«

Wenn er nicht etwa die Stirn runzelt und brummt: »So etwas paßt sich nicht für eine anständige Frau.« Henri zum Beispiel erlaubte sich mir gegenüber diese geistreiche Bemerkung. So ein Idiot. Er verdient es wahrhaftig nicht, daß man sich seinetwegen soviel Mühe giebt. Aber für Mr. Duzart werde ich mich trotz alledem nicht »<tt>à la Cocotte</tt> kostümieren, wenigstens heute nicht. Womöglich würde er ebenso entrüstet darüber sein wie Henri. Nummero zwei ist auch nichts für diese Gelegenheit. Er könnte glauben, daß ich selbst nicht einmal wüßte, wie tollkokett dieses Unterzeug ist. – Nehmen wir also die legitimen, die Dessous der anständigen Frau, der »<tt>femme honnête</tt>«. Meine Eigenschaft als solche ist ja eigentlich das beste, was ich meinem Amant zu bieten habe.

Ein Viertel über drei.

Ich bin fertig, es ist Zeit zum Aufbruch.

Auf zum Kampf!

11.

Wenn man sich theoretisch mit dem Gedanken an einen etwa möglichen Ehebruch beschäftigt (und das thut jede noch so tadellose Frau, sogar jedes junge Mädchen), so fürchtet man sich in erster Linie vor dem Gatten, der einen dabei überraschen könnte, vor seiner Pistole, vor Polizeikommissären, überhaupt vor allem, was zu einem Skandal gehört. In Wirklichkeit sind alles das nur seltene Ausnahmefälle, wenn man bedenkt, was für eine Unzahl von illegitimen Zusammenkünften alltäglich in Paris in aller Ruhe und Gemütlichkeit stattfinden und durch die Ahnungslosigkeit oder Gleichgültigkeit derjenigen vor jeder Entdeckung gesichert, die ein Recht hätten daran Anstoß zu nehmen. Aber trotz alledem empfindet jede anständige Frau, selbst die vernünftigste und klar denkendste, wenn sie zum erstenmal ihren Geliebten aufsucht, jene entsetzliche Angst vor dramatischen Ereignissen – die für den Ehemann oft sehr heilsam sind.

Ich war noch kaum die Treppe unseres Hauses hinabgestiegen, so gerieten meine sündigen Vorsätze schon ins Schwanken, und ich mußte mich selbst über meine eigentlichen Empfindungen hinwegtäuschen, um nicht gleich wieder umzukehren. Dabei fühlte ich sehr wohl, daß ich mich selbst belog:»Nein,« sagte ich mir,»ich gehe nicht hin. Ganz gewiß, ich gehe nicht zu ihm, ich will nicht. Ich werde ihm auf dem nächsten Telegraphenbureau eine kleine Depesche schicken. Erhält er sie rechtzeitig, nun so ist es gut, im anderen Falle mag geschehen, was da will, ich pfeife auf alles.« Im Grunde wollte ich mir nur Mut machen, weiter zu gehen; ich hatte die größte Lust in meine Wohnung zurückzukehren, mich wieder umzukleiden und auf alles weitere zu verzichten.

Mit Hilfe dieses Kompromisses gelang es mir denn auch mein Zögern zu überwinden, und als ich unser Haus erstmal aus den Augen verloren hatte, ging ich immer mutiger vorwärts. Ganz in der Nähe befindet sich ein Telegraphenbureau, aber ich ging daran vorbei und schlug die Richtung nach der Avenue Villiers ein. Dabei dachte ich: An der Place Malesherbes werde ich mich entscheiden, ob ich nach der Rue Demours gehe, oder ihm eine Depesche schicke. Ich möchte dieses System allen Frauen empfehlen, die sich in einer ähnlichen Lage befinden: wenn man sich außer Stande fühlt einen großen Entschluß auf einmal zu fassen, so teilt man ihn einfach in lauter kleine Entschlüsse ein, denen man sich gewachsen fühlt, weil keiner von ihnen ausschlaggebend ist.

Je mehr ich mich der gefährlichen Zone näherte, desto eifriger bemühte ich mich meinen Mut anzustacheln: Was für ein genußreicher Moment heute abend, wenn Henri beim Nachhausekommen trotz seines ermatteten Aussehens jene außerordentliche Liebenswürdigkeit entfalten würde, unter der er sein schlechtes Gewissen zu verbergen sucht. Welche Wonne, dann im stillen zu denken: Nun, mein Lieber, heute habe auch ich meinen kleinen five o'clock gehabt und zwar in deiner nächsten Nähe. Und nun bist du dasselbe, wie alle anderen Ehemänner, wie zum Beispiel auch Mr. Lehugueur. Du bist ein ..., und halblaut sagte ich das abscheuliche, gemeine Wort, jenes Wort, das die komischen Seiten des Ehebruchs so gut charakterisiert, vor mich hin, und es machte mir Vergnügen, es auszusprechen. Das war wirklich ein vorzügliches Mittel, an Mme. Lehuguer, an die anonyme Mme. Vigilance und an alle die anderen zu denken, mit denen mein Mann mich betrogen hat. Meine Phantasie erhitzte sich dabei immer mehr und mehr und mein Ingrimm wuchs. So amüsieren sich unsere Männer, dachte ich, selbst die zahmsten von ihnen machen ihre Studien an wenigstens zehn verschiedenen Frauen pro Jahr, und wir dummen Gänse sind so furchtsam und unentschlossen, daß wir es als Verbrechen betrachten, dasselbe zu thun, was ihnen ebenso selbstverständlich erscheint, wie Essen und Trinken. Nun, ich werde jetzt einmal dem Beispiel meines Mannes folgen und alles thun, wonach mir die Laune steht, aber auch alles.

Nicht wahr, das war gerade die richtige Gemütsverfassung, um zum Rendezvous in die Rue Demours zu gehen? Ganz gewiß, aber leider war es eben nur eine »Gemütsverfassung«. Ein mir selbst ganz unerklärliches Gefühl von physischem Widerwillen empörte sich gegen alle meine Phantasien. – Mittlerweile hatte ich die Place Malesherbes erreicht. Ein leerer Fiaker fuhr vorüber, der Kutscher schien mein Zögern zu bemerken und rief mir zu: »Eine kleine Fahrt für einen Franc? Ich gab keine Antwort, aber um diesem Mann, der dicht vor mir sein Pferd zum Stillstehen brachte, zu entrinnen, schlug ich in beschleunigtem Tempo den Weg nach der Avenue Villiers ein. Dieser Weg hatte etwas für sich, einmal weil er nicht direkt zur Rue Demours führt und außerdem die Rue de la Terrasse kreuzt. Denn jetzt fuhr mir eine ganz abgeschmackte und verrückte Idee durch den Kopf: ich hoffte, ja wirklich, ich hoffte, vielleicht meinem Mann zu begegnen. Ich wußte, ich war verloren, wenn sich mir nicht noch in diesem Augenblick ein starker Arm darböte, an dem ich mich hätte klammern können und der mich auf den rechten Weg zurückführte. Ob man mir glauben wird, wenn ich sage, daß ich beinahe eine Viertelstunde lang die Rue de la Terrasse auf- und abgegangen bin, immer auf dem Trottoir des Hauses Nr. 21, mit dem verzweifelten Wunsch, Henri dort zu entdecken? Hätte ich ihn nur von ferne gesehen, ich wäre auf ihn zugestürzt, hätte ihm alles gesagt, ich glaube sogar, ohne ihm auch nur den geringsten Vorwurf zu machen und hätte ihn angefleht, mich vor mir selbst zu schützen. Selbst wenn ich sein Gesicht an einem der Fenster des Hauses Nr. 21 bemerkt hätte, ich wäre hineingegangen, nicht etwa um den Tagesblättern Stoff Zu einer »Ehebruchstragödie« zu liefern, nein ich hätte an die Thür geklopft und ruhig abgewartet, ob man mir nicht öffnen würde, ich hätte meinen Gatten zurückverlangt und mich ihm wiedergegeben. Aber das Schicksal blieb unerbittlich. Die Straße blieb leer und verödet, – ich glaube, man begegnet dort fast nie einem Menschen. Einige Dienstmädchen kamen vorbei, dann ein Arbeiter und schließlich der unvermeidliche »Herr«, der von jeder allein gehenden Dame in Paris untrennbar ist. Der meine war in diesem Fall schon etwas angegraut und sehr elegant. Er bot mir an, meine »Schulden« zu bezahlen. Der arme Mann! Es giebt in Paris wohl kaum hundert Frauen aus der besten Gesellschaft, die keine Schulden hatten, und gerade auf eine von diesen mußte er hereinfallen. So gelang es ihm nur, mich aus der Rue de la Terrasse zu vertreiben und mich so nervös zu machen, daß ich mich beeilte, endlich die Rue Demours zu erreichen. Ja, jetzt mußte ich wirklich jemand haben, mit dem ich sprechen konnte, und der mir etwas Liebes sagte. Und dieser Dummkopf verfolgte mich immer weiter, ohne zu ahnen, daß er einem Nebenbuhler in die Hände arbeitete. Gewiß dachte er: Die kleine Frau scheint sich auszukennen, sie wird mich schon zu einem sicheren Schlupfwinkel führen. Aber an der Ecke der Rue Demours muß er sich sehr enttäuscht gefühlt haben, ich trat in das Haus Nr. 7 und drückte ganz atemlos auf den elektrischen Schellenknopf der Parterrewohnung.

Tête-à-tête

12.

Kaum hatte ich den elektrischen Knopf berührt, so öffnete sich auch schon die Thür, und ich sah in ein enges, ziemlich dunkles Vorzimmer hinein. Kräftige Männerarme erfaßten mich, ich fühlte einen Kuß auf meiner Wange, bei dem mein Schleier sich verschob und hörte Mr. Duzart sagen:»Ich danke Ihnen! Ich liebe Sie!« Mit einer brüsken Bewegung machte ich mich los, und während er die Thür wieder schloß und den Riegel vorschob, trat ich durch die halb angelehnte Thür in ein Zimmer, das nicht besonders groß, aber gemütlich eingerichtet war, natürlich in dem altertümelnden Stil, den man allmählich auswendig kennt: Elfenbeinschnitzereien, Stühle aus der Zeit der verschiedenen Louis von Frankreich, Meißner Porzellanfiguren, chinesische Nippsachen u. s. w. Und der umfangreiche Divan nicht zu vergessen,»tief wie das Grab«, der zum unvermeidlichen Inventar aller Junggesellenwohnungen gehört und hauptsächlich für»pressierte« Damen bestimmt ist, die mehrere Besuche am Tage machen müssen – wie einer von meinen Vettern mir gesagt hat.

Mir machte das Ganze einen banalen, beleidigenden, ja beinahe feindseligen Eindruck. Das kam wohl daher, daß meine Nerven förmlich rasten. Ich hätte etwas zerbrechen oder jemand schlagen mögen. Mein liebenswürdiger Wirt, der jetzt auch wieder ins Zimmer trat, fand mich in einem Lehnstuhl sitzend, wie einen Igel, der sich zusammenrollt und kampfbegierig seine Borsten sträubt. Er war vorsichtig genug, mir nicht nahe zu kommen und that wohl daran, denn ich bin überzeugt, ich hätte ihn gebissen und gekratzt. So lehnte er sich mit dem Rücken an einen Tisch, indem er beide Hände aufstützte und sagte ganz traurig:

»Bereuen Sie es jetzt schon, daß Sie zu mir gekommen sind?«

»Allerdings thue ich das.«

»Das ist sehr verkehrt von Ihnen,« antwortete er, und dabei lag eine gewisse kampfbereite Empörung in seinem Wesen, die mich beinah sympathisch berührte.»Mir scheint, Sie kennen mich gut genug, um zu wissen, daß ich unser Alleinsein in meiner Wohnung nicht zu Gewaltthätigkeiten mißbrauchen werde. Sie erweisen mir die Ehre Ihres Besuchs – und damit gut. Sie können unser Beisammensein gestalten, wie Sie wollen, – eine Tasse Thee – ein Blick auf meine Bibelots – eine gemütlich verplauderte Stunde – ganz wie Sie wollen. Nun – bin ich nicht ganz vernünftig? Haben Sie sich jetzt etwas beruhigt?«

Es that mir wohl, daß er so klar und einfach, ja beinah gebietend zu mir sprach. Ich lüftete den Schleier, blickte meinen »Mitschuldigen« an und reichte ihm die Hand. »Also abgemacht?« fragte ich, »Sie werden artig sein?«

»Sehr artig sogar!«

Meine anfängliche Gereiztheit löste sich allmählich in ein Gefühl von großer Schwäche auf, ich bedauerte mich selbst und schämte mich meiner Verwirrung. Meine Augen füllten sich mit Thränen, ich ließ sie ruhig fließen und fühlte mich dadurch wieder erleichtert. Mr. Duzart machte keinen Versuch mich zu trösten und erwies sich auch darin als Mann von Takt. Er sah mich nur an, als ob er sagen wollte: »Ist das alles Komödie? Thut die Kleine so, als ob es wirklich ihr erster Fehltritt sei, oder sollte sie wirklich ihre Tugend als treue Gattin mir zum Opfer bringen? – <tt>Tien – tiens</tt>! – Das wäre gar nicht so ohne. Ob sie wohl noch lange weinen wird?«

Das Gefühl der Sicherheit vor jedem brutalen Angriff seinerseits gab mir meine Fassung allmählich wieder. Ich trocknete meine Thränen, etwas beschämt darüber, daß ich mich so hatte gehen lassen.

»Es ist schon vorbei,« sagte ich dann, »verzeihen Sie mir,« worauf er bat: »Wollen Sie mir gestatten, neben Ihnen Platz zu nehmen?«

»Ja,« antwortete ich, »aber vergessen Sie nicht, was Sie mir versprochen haben. Ich bitte Sie, mich nur als Ihren Besuch zu behandeln. Sie sehen, daß ich nicht ganz wohl bin.«

Es fiel mir gar nicht ein, Komödie spielen zu wollen; der bloße Gedanke, daß er zärtlich gegen mich werden könnte, machte mich nervös, und selbst jene kleinen Übergriffe, die ich ihm bei unserem ersten »Interieur« nicht verweigern konnte, hätten mich jetzt zur Raserei gebracht. Mr. Duzart setzte sich also neben mich und es lag eine leise Ironie in seinem Blick und im Ton, als er mich fragte:

»Wollen Sie mir nicht jetzt, wo Sie wieder ruhig geworden sind, sagen, was Sie vorhin so erregt hat?«

Wahrscheinlich fing er an, sich über den Ausgang unseres Abenteuers Zu beruhigen und dachte im stillen, daß bald der geeignete Augenblick für den Divan oder gar für das Bett gekommen sei. Ich las das in seinem ironischen Blick und es irritierte mich von neuem. Ich hatte die größte Lust, ihn zu ärgern.

»Soll ich Ihnen die Wahrheit sagen?« fragte ich.

Er dachte einen Augenblick nach und gab dann zur Antwort: »Wenn die Wahrheit für mich sehr hart sein sollte, so sehne ich mich nicht darnach, sie zu erfahren. Sprechen wir lieber über Litteratur, Malerei oder Stadtneuigkeiten – ganz wie Sie wollen, aber verschonen Sie mich mit jenen schmerzlichen Dingen, die das Herz eines einsamen älteren Mannes auf's Tiefste verwunden.«

Er sagte das so einfach und aufrichtig, daß ich ganz gerührt wurde und ihm die Hand reichte. Er hielt sie fest, aber ohne sie zu streicheln oder zu küssen und drückte sie nur von Zeit zu Zeit, – ganz leise. Ich wußte nicht recht, was ich sagen sollte. Sein ritterliches Benehmen hatte mich völlig entwaffnet, und ich wollte ihm nicht mehr weh thun. Ich fühlte, daß in den Augen eines Mannes etwas von Falschheit in dem Benehmen einer Frau liegen mußte, die sich von ihm die Cour machen läßt, und mit dem versprechen, ihm anzugehören, auf ein Rendezvous eingeht und dann schließlich nur eine Tasse Thee bei ihm trinkt. Sie ist dann wenigstens verpflichtet, ihm ihr seltsames Benehmen zu erklären, wenn er zudringlich geworden wäre oder mir Vorwürfe gemacht hätte, nun, so hätte ich ihm einfach geantwortet: »Mein teurer Freund, die Sache liegt einfach so: ich habe mich nur aus Trotz und aus Langeweile mit Ihnen eingelassen. Anfangs hat die Sache mir Spaß gemacht, aber die Lust ist mir vergangen, und ich möchte mich wieder zurückziehen. Ganz offen gesagt, ich war entschlossen, mir einen Liebhaber zu nehmen, aber ich sehe jetzt ein, daß ich mich in mir selbst getäuscht habe. Es liegt mir eben nicht, oder, um mich richtiger auszudrücken (denn ich habe nach wie vor den stillen Wunsch, meinem Mann einen Streich zu spielen) Sie sind eben nicht der Rechte für mich.«

Damit wäre die Sache kurz und gut erledigt gewesen. Aber ich hätte es nicht fertig gebracht, diesen zartfühlenden Mann, dem ich noch dazu bei meiner Ankunft gleich eine solche Nerven- und Thränenscene gemacht hatte, in so brutaler Weise zu verletzen. Er hatte doch ein gewisses Recht darauf, ein zärtliches Entgegenkommen bei mir zu finden.

Redliches Bemühen

13.

Ich bitte also, sich folgende Situation vorzustellen. Scene: eine Garçonwohnung in der Rue Demours. Es ist vier Uhr nachmittags. Ein Herr und eine Dame sitzen Hand in Hand nebeneinander und simulieren eine Art wunschlose Zärtlichkeit. Der Herr sagt kein Wort und wartet etwas nervös den weiteren Verlauf der Dinge ab, die Dame zermartert sich in Erwartung eines Weinkrampfes vergeblich den armen kleinen Kopf, um das, was sie dem Herrn sagen möchte, in möglichst schonender Fassung vorzubringen. Etwa so: Nun ja, ich bin mit den besten Vorsätzen zu Ihnen gekommen, aber wirklich, ich bin nicht mehr in der richtigen Stimmung, die unvermeidlich ist, um – – und besonders um – – und weil es das erste Mal ist – –

Und er, was mag er wohl denken, während er so stumm ihre Hand in der seinen hält, ohne sie auch nur zu drücken. Übermäßig amüsant findet er das Abenteuer gerade nicht. Ich muß mich in seinen Augen auch wirklich reichlich blödsinnig benommen haben. Der Divan, »tief wie das Grab« war gewiß nicht gewöhnt, so lange warten zu müssen. Ich glaubte sogar, in Mr. Duzart's Augen und seinem ganzen Wesen ein gewisses Erlahmen seines physischen Interesses zu lesen. Für solche Sachen haben wir Frauen ein feines Gefühl. Wenn den Mann wirklich ein heftiges Begehren entflammt, so ist er einfach ein wildes Tier; benimmt er sich dagegen ritterlich und galant, so kann man mit ziemlicher Sicherheit den Schluß ziehen: er hat keine Lust.

Und schließlich war ihm das auch nicht übel zu nehmen. Es ist nur zu begreiflich, daß dem Mann der Appetit nach Liebe vergeht, wenn seine Geliebte ihn mit einer Thränenkrisis empfängt, die übrigens auch nicht gerade zur Verschönerung ihres Gesichts beiträgt. Möglich auch, daß beim Anblick solcher Thränen ein tieferes zärtliches Gefühl im Mann erwacht, und er zu frivolem Getändel nicht mehr aufgelegt ist.

Ich fühlte allmählich die Verpflichtung, irgend etwas zu sagen oder meinem Besuch ein Ende zu machen. Plötzlich kam mir eine

Inspiration, wie ich mich von meinem »Komplicen« auf gütlichem Wege befreien könnte, ohne ihn in seinem Selbstgefühl allzusehr zu kränken.

Ich sah Monsieur Duzart fest an und sagte:

»Mein lieber Freund, wollen Sie offenes Spiel mit mir spielen und mir ganz aufrichtig antworten, wenn ich Sie etwas frage?«

»Gewiß will ich,« antwortete er. – Ich glaube, er hatte nachgerade genug von der ganzen sentimentalen Komödie.

»Ich bitte Sie also, mir ohne Rückhalt und ohne – ohne alle Nebenabsichten (dieses Wort begleitete ich mit einem Lächeln und einem fast unmerklichen Händedruck) zu antworten: Tragen Sie wirklich heftiges Verlangen danach, mich zu besitzen? Oder ist es eine bloße Laune, die Sie aus Eitelkeit befriedigen möchten? Sie verstehen schon, was ich meine.«

»Aber« –

»Widersprechen Sie nicht, ich bitte Sie, nur keinen sentimentalen Gesellschaftston. Würden Sie, um Ihren Wunsch erfüllt zu sehen, so thöricht sein, Ihr ganzes Lebensglück auf's Spiel zu setzen? Bitte, lieber Freund, volle Offenheit. Ich versichere Sie, daß Ihre Antwort nichts an meinen Entschließungen ändern wird.«

Er zauderte ein wenig und schien nach einem treffenden Ausdruck für seine innersten Empfindungen zu suchen. Schließlich sagte er:

»Das kommt auf den Moment an: Ich versichere Sie zum Beispiel, daß, wie Sie vorhin eintraten – – – und auch jetzt noch, wenn Sie sich nur ein klein wenig Mühe geben wollten« –

Diese offenherzige Wendung entzückte mich und beruhigte meine Nerven. Ich mußte lachen.

»Es ist lieb von Ihnen, daß Sie mir die Wahrheit sagen,« erwiderte ich. »Es läßt mich hoffen, daß wir als gute Freunde voneinander scheiden werden, anstatt uns mit bösen Worten zu kränken. Ziehen wir also das Fazit, mein lieber Freund. Ihr Wunsch, mich zu besitzen, ist also stark genug, um Ihnen in gewissen Momenten den Kopf zu verdrehen (wenn ich mir ein klein wenig Mühe gäbe, wie Sie so hübsch sagten); aber wenn – nun wenn ich mir also wirklich diese Mühe geben würde, dann würde auch Ihr Verlangen bedeutend an Intensität verlieren. Nicht wahr? Das ist auch Ihre Ansicht.«

Mr. Duzart machte gute Miene zum bösen Spiel und lächelte:

»Nun, mein Gott, in meinem Alter versteht sich das von selbst – man ist nicht mehr so leidenschaftlich – aber wenn es noch einmal über einen kommt« ...

Er machte eine Handbewegung, die bedeuten sollte, daß er, Duzart, sich immer noch imstande fühle, die größten Exzentrizitäten zu begehen, wenn die große Leidenschaft noch einmal wieder in ihm erwachen sollte.

»Ich danke Ihnen,« gab ich zur Antwort. »Wir wollen also, um meine Eitelkeit nicht zu verletzen, annehmen, daß ich Ihnen mit der Zeit eine wirkliche Leidenschaft hätte einflößen können. Da Sie aber selbst zugeben, daß sie erst allmählich, erst nach – – also erst *nach* dem »Fall« in Ihnen erwachen würde, so müssen Sie auch einsehen, daß eine Frau sehr viel riskiert, wenn Sie sich Ihnen hingiebt. Vielleicht gefällt sie Ihnen nur im ersten Moment und ist nicht imstande auf die Dauer leidenschaftlichere Gefühle in Ihnen wach zu rufen. Reden wir also noch einmal ganz offen miteinander. Haben Sie den Mut mir zu sagen, daß ich das auserwählte Weib sei, für das Sie auch auf die Länge jene berühmte Leidenschaft empfinden vermöchten? Sagen Sie nicht ja, mein Freund, ich weiß, daß Sie es doch nicht wirklich meinen. Sie haben mich doch schon lange vor unserem heutigen Renkontre gekannt und haben noch niemals daran gedacht, mich für sich zu erobern.«

»Ich versichere Ihnen, daß ich Sie immer reizend gefunden habe, – einfach bezaubernd,« fügte er noch hinzu, um die banale Redensart etwas zu verschönern.

»Mein Gott – mich, wie alle anderen jungen hübschen und geschmackvoll gekleideten Frauen. Aber, Sie haben mir doch nicht gerade nachgestellt, nicht wahr? Sie haben mich nicht einmal unter diesen gewählt, mein Teurer (sagen Sie nicht nein – es ist eine Schmeichelei für Sie, und ich gestehe es in aller Bescheidenheit –), im Gegenteil, ich habe Ihnen die Cour gemacht, oder wenn Sie lieber so wollen: ich habe Sie dazu veranlaßt, mir die Cour zu machen.«

Duzart leugnete nicht weiter. Es that ihm wahrscheinlich wohl, sich von mir sagen zu lassen: ich habe Ihnen die Cour gemacht, und das half ihm über seine Niederlage hinweg. »Aber eins nimmt mich dabei noch wunder,« murmelte er nach einer kleinen Pause. »Warum wünschten Sie, daß ich Ihnen den Hof machen sollte, warum zeigten Sie mir dieses Entgegenkommen – dessen Bedeutung ich übrigens durchaus nicht unterschätze – und warum in aller Welt sind Sie denn hierher zu mir, in meine Wohnung gekommen?« – –

»Und warum befinde ich mich noch nicht in Ihrem Bett. Nicht wahr, das ist es, was Ihnen noch auf der Zunge schwebt?«– unterbrach ich ihn. »Nun, sehen Sie, mein Freund, ich bin eben ein Kind meiner Zeit und ein Produkt dieser Stadt, eine arme kleine Frau, die sehr nervös, sehr unberechenbar und infolgedessen unfähig ist zu beurteilen, ob sie morgen noch ebenso denken wird, wie heute. Was wollen Sie? Ich habe vor etwa einem Monat den Entschluß gefaßt, mir einen Amant zu nehmen, einmal weil ich es stumpfsinnig fand, die Untreue meines Mannes mit meiner Treue zu belohnen und dann auch, weil ich mich langweilte. Ich habe Sie zu meinem Partner ausersehen, nicht etwa, weil ich Sie schon lange geliebt hätte. Sie sehen, Ihre Offenheit hat mir Mut gegeben – sondern weil Sie mir besser gefielen, wie die anderen und schließlich, weil ich annahm, daß es nicht so besonders gefährlich sei, diesen Versuch mit Ihnen zu machen.«

<tt>»Parfaitement«</tt> – murmelte Duzart – »also der reine Convenienz-Ehebruch!«

– »Noch mehr wie das, mein Freund, hören Sie nur weiter. Glauben Sie mir, ich habe wirklich mit einem gewissen Vergnügen daran gedacht, ... zu sündigen. – Sie haben allerhand unpassende Gedanken in mir wach gerufen ...«

Bei diesen Worten leuchteten seine Augen auf.

»– Unpassende – – Gedanken?« fragte er.

Mit niedergeschlagenen Augen antwortete ich:

»Ja, sogar sehr unpassende!«

Dieses Geständnis war sehr dumm von mir. Mr. Duzard stand sofort auf, schloß mich in seine Arme und flüsterte:

»O liebste, teuerste Freundin, – Liebste – das ist ja aber entzückend! Aber dann – nun – warum wollen Sie denn nicht? Sie ahnen ja gar nicht, was ich Ihnen alles bieten kann. Ich will Sie ja so lieb haben – so wahnsinnig lieb.«

Hand aufs Herz, ich kann beschwören, daß ich mir in diesem Augenblick alle Mühe gab, mich mit fortreißen zu lassen. Ich versuchte mir selbst Lust zu machen, ich schloß die Augen, um mich durch seine Küsse und Liebesworte berauschen zu lassen und sagte mir dabei immer wieder: Geh doch, sei nicht so dumm, laß ihn nur machen – so langweilig, wie wenn man verheiratet ist, wird es doch jedenfalls nicht sein.

Ein Schlag ins Wasser

14.

Wenn ich heute daran zurückdenke – an jenen Augenblick, wo ich drauf und dran war, mich diesem Monsieur Duzart hinzugeben – in seiner Wohnung, bei verschlossenen Thüren und in seinem Lehnstuhl – dann muß ich mir sagen, daß es eine Art von Schutzengel (ich sage Schutzengel, weil ich annehme, daß sie unser Bestes wollen) geben muß, die über der Tugend einer anständigen Frau wachen und sie wohl oder übel dazu zwingen, anständig zu bleiben. Denn: obgleich die »Sündflut« mir schon fast bis an den Hals ging, geschah es doch, daß, als ich die Rue Demours verließ und mein Heim wieder betrat, meine Ehe noch so »ungebrochen« wie vorher war, abgesehen von einigen kleinen Defekten, die aber schon früher da waren und denen ein vernünftig denkender Ehemann keine besondere Bedeutung beilegt.

Wie ging es zu, daß es doch schließlich nicht so weit kam, obgleich die Sache schon im besten Gange war? Wie kam es, daß jener Herr und jene Dame, die sich eben noch mit einem einzigen Lehnstuhl begnügten, plötzlich wieder ganz vernünftig jedes auf seinem Platz saß und trotz der voraufgegangenen <tt>»bousculade«</tt> noch immer kein Liebespaar waren? Wenn ich mich in meine intimsten Erinnerungen versenke, wenn ich mir jene halbverschwommenen Gedanken zurückrufe, die mir im Lehnstuhl zu zwei durch den Kopf schwirrten und die unwillkürlichen, abwehrenden Bewegungen, mit denen mein braves, aufgeschrecktes Schamgefühl sich sträubte, dann wird mir klar, daß ich einfach nicht anders konnte, wie Widerstand leisten, trotzdem ich meine ganze Logik und all' meine Willenskraft aufbot, um nachzugeben. Ich war einfach nicht imstande dazu. Und das eben ist meiner Ansicht nach das Charakteristikum der anständigen Frau: sie bringt es nicht fertig, an ihrem »Fall« mitzuarbeiten. Mag der Mann noch so fest entschlossen sein, den Sieg davon zu tragen, es wird ihm niemals gelingen, wenn *sie* nicht im innersten Herzen davon überzeugt ist, daß sie unterliegen muß. Oder sagen wir so: die anständige Frau, mag sie noch so viel guten Willen zur Sünde besitzen, wird sich immer ungeschickt benehmen, wenn der Mann sie mit Gewalt erobern will.

Und ich benahm mich ungeschickt, sehr ungeschickt, das muß ich zugeben und um so mehr, weil ich fühlte, daß meine Rolle bei dieser Lehnstuhlaffaire eine höchst undankbare war. Aber ist meine Ungeschicklichkeit und der Mangel an Ekstase meinerseits eine ausreichende Erklärung für die geringe Ausdauer Duzarts? Warum gab er so schnell den Sieg verloren und blies zum Rückzug, indem er ganz entmutigt sagte: »Nein, Sie lieben mich nicht.« Warum setzte er sich friedlich auf einen anderen Stuhl und bemühte sich eine melancholische, resignierte Ruhe anzunehmen? Soll ich diesen Blättern wirklich alles anvertrauen? Ich glaube offen gesagt, daß seine Mutlosigkeit sowohl zu Anfang, wie auch nachher auf rein physischen Gründen beruhte.

Man behauptet immer, daß ein solches Abenteuer beschämend und irritierend auf die Frau wirkt. Aber ich kann nicht sagen, daß ich etwas derartiges empfunden hätte. Ich war in jenem Augenblick einfach ein armes nervöses Geschöpf, und ich muß doch sagen, daß, wenn einer von uns nicht »im Zug« war, so war es sicherlich nicht der arme Duzart. Aber man kann von einem Mann auch nicht alles verlangen.

Ich fühlte mich eigentlich wie erleichtert, als ich den Zärtlichkeiten meines Mitschuldigen entronnen war. Es wäre mir gar nicht in den Sinn gekommen, ihm die unter solchen Umständen übliche Scene zu machen, – ich bemühte mich im Gegenteil, ihm erkennen zu geben, daß ich ihm nicht weh thun wollte.

»Sind Sie mir böse, mein Freund?« fragte ich und er antwortete:

»Es ist nicht schön von Ihnen, mich so zurückzustoßen. Aber ich verlange nichts. Ich will nur das, was Sie mir freiwillig geben.«

Er versuchte etwas Bitterkeit in diese Worts hineinzulegen, aber im Grunde war er ganz froh, daß er den Rückzug antreten konnte, ohne sich lächerlich zu machen.

Ich reichte ihm die Hand. »Glauben Sie mir,« sagte ich dann, »ich bin noch mit keinem Menschen auf der Welt so weit gegangen, wie heute mit Ihnen und werde es auch wahrscheinlich späterhin niemals thun. Ich glaube, daß dieses verschwiegene Zimmer und die schwellenden Polster Ihres Lehnstuhls noch keiner Frau zum Aufenthalt gedient haben, die sich so ernstlich bemüht hat, tugendhaft zu bleiben, wie ich. Ist es Ihnen nicht genug, daß ich mit Ihnen bis an den Rand des Sündenschlundes gegangen bin? Die Erinnerung an mich wird sich dadurch ein wenig von anderen unterscheiden. Und gerade weil unsere beiderseitigen Bemühungen ohne Erfolg geblieben sind, wird mein Bild unter tausend anderen in Ihrem Herzen seinen ganz besonderen Platz einnehmen.«

»Also dann ist es wirklich aus mit unserem Roman?« sagte Duzart, und dieses Mal kam der traurige Ton in seiner Stimme wirklich von Herzen. »Können wir es denn nicht versuchen, ihn noch einmal von vorne zu beginnen, – mit veränderter Scenerie?«

»Wozu?« erwiderte ich, »wir würden es ja doch nicht besser wie jetzt machen. Gestehen Sie es nur: eigentlich ist unser »Ehebruch« von Anfang bis Ende tadellos verlaufen. Es hat nur ein kleiner, ziemlich bedeutungsloser Umstand gefehlt. Aber ist es nicht genug, daß ich Ihnen wenigstens in Gedanken angehört habe?«

»Lassen Sie mich in dem Glauben,« sagte Mr. Duzart, »daß jene holden »unpassenden« Gedanken, die ich in Ihnen wachgerufen habe, eines Tages Sie wieder befallen könnten. Ich versichere Ihnen, daß jeder Gedanke an Sie die verwegensten Phantasien bei mir heraufbeschwören wird, und wie sollte ich nicht an Sie denken, jetzt wo Sie hier bei mir gewesen sind, wo Sie hier in meinem Lehnstuhl geruht haben und wo Sie mir beinahe angehört hätten. Hier will ich auf Sie warten, und das erste Wort von Ihnen, das mir verheißt, Sie möchten doch noch einmal hierher zurückkehren, soll mich jederzeit bereit finden, Sie zu empfangen.«

Beinahe wäre es mir herausgeplatzt:

»Bereit, mich zu – – Na na, sagen Sie das nicht mit solcher Bestimmtheit.«

Aber ich unterdrückte es und that wohl daran. Was hätte es für einen Zweck gehabt, ihn in diesem Augenblick noch zu kränken.

Dann stand ich auf. »Schon?« murmelte Duzart höflich.

Selbstverständlich hatte auch er genug von dieser Leichenceremonie unserer Liebe.

»Denken Sie daran,« sagte ich halblaut, »daß ich Pflichten zu erfüllen habe – mein Mann – vergessen Sie nicht, daß ich eine anständige Frau bin.«

»Viel zu anständig – leider Gottes – wann werden wir uns wiedersehen?«

»Nun, sobald Sie wollen. Kommen Sie Dienstag. Sie wissen schon, bis drei Uhr bin ich immer allein zu treffen.«

Dann begleitete er mich ins Vorzimmer und fragte noch einmal: »Ganz offen – *soll ich wiederkommen?*«

Damit wollte er natürlich sagen: Darf ich hoffen, etwas anderes bei Ihnen zu finden, als solche resultatlose Ehebruchssitzungen wie heute?

Was sollte ich darauf antworten? Es wäre überflüssig und unehrlich gewesen, ihm Versprechungen zu machen, die ich fest entschlossen war, nicht zu erfüllen.

Und ein brutales: »Nein« hätte das Herz, oder sagen wir lieber die Eitelkeit meines Schuldgenossen aufs Tiefste verwundet.

Ich stand schon auf der Schwelle und während ich langsam die Thür hinter mir zufallen ließ, flüsterte ich:

» *Wer weiß?*«

Und dann fort! Ohne die Antwort abzuwarten. Etwas davon bekam ich freilich noch durch die Thür zu hören, nämlich einen sehr kräftigen und – sehr komischen Fluch.

Schluß

15.

Ich befand mich in einer ziemlich kläglichen Gemütsverfassung, als ich wieder zu Hause ankam und war sehr zu melancholischen Betrachtungen aufgelegt. Ich war fortgegangen, um mich von der drückenden Last meiner Tugend zu befreien, und ich war sie nicht los geworden. Die Vorsehung, die mir in diesem Fall einen so niederträchtigen Streich gespielt hatte, indem sie mir die Gelegenheit zur Sünde gab und mir gleichzeitig die Lust dazu raubte, diese ganz besondere Vorsehung, die über uns tugendhaften Frauen zu walten scheint, schien mich jetzt bei meiner Rückkehr zum häuslichen Herd entschädigen zu wollen. Ich fand meinen Mann im Bett und bei ihm zwei Ärzte – unseren Hausarzt und einen anderen, den man in aller Eile geholt hatte. Man wagte mir den wahren Sachverhalt nicht auseinanderzusetzen, aber das, was ich aus der Dienerschaft herausbekam und was ich mir selbst kombinieren konnte, erklärte mir schließlich, was vorgefallen war. Mein Mann hatte von der Spätsommerglut Mme. Lehugueurs augenscheinlich zu viel bekommen und war <tt>flagrante delicto</tt> von einem Herzkrampf befallen worden (wozu er durch seinen momentanen Gesundheitszustand, wie die Ärzte sagten, so wie so disponiert war). Man denke sich den Schrecken und das Entsetzen seiner Dame. Sie dachte natürlich nur an sich selbst und an den Skandal, der daraus entstehen konnte. Ich mache ihr daraus keinen Vorwurf, denn ich hätte ebenso gehandelt. Sie hat sich stillschweigend gedrückt und dem Portier die ehrenvolle Aufgabe überlassen, den armen, ins Herz getroffenen Don Juan heimzugeleiten. Vor einer Stunde war er nach Hause gekommen, und das Bewußtsein kehrte langsam zurück, gerade wie ich nach Hause kam.

Und nun sah ich wieder einmal, wie die Ehe Mann und Frau, ohne daß sie selbst etwas dazu thun, oft sogar, ohne daß sie es gewahr werden, durch die körperliche Zusammengehörigkeit aneinander fesselt. Und nichts vermag dieses Band zu zerstören, das gerade durch die plötzlich eintretende Möglichkeit einer definitiven Trennung noch an Festigkeit gewinnt. Selbst wenn die Frau einem anderen Mann angehört und die Freuden der Liebe mit ihm teilt, so ist das noch kein Beweis, daß sie ihn wirklich mehr liebt, als ihren Gatten. Mag sie ihn auch hintergehen und verachten, er bleibt für seine Frau doch immer das einzige Wesen, für das sie jenen solidarischen Egoismus empfindet, der die Quintessenz aller menschlichen Sympathie ist. Hätte mein Pseudoliebhaber Mr. Duzart alle Arten von Herzzufällen, die das medizinische Wörterbuch aufzuzählen vermag, bekommen, wäre er meinetwegen auch gestorben und begraben – vorausgesetzt, daß ich seine Maitresse gewesen wäre, so hätte ich vielleicht meine verlorenen Liebesstunden bejammert, aber weiter auch nichts. Aber mir meinen Mann nehmen, daß hieße mir etwas rauben, was nur mir allein gehört, was einen Teil von mir selbst bildet – das hieße mein ganzes Leben zerstören. Mein ganzer Egoismus lehnte sich gegen die Gewaltthätigkeit des Schicksals auf. Und ich bin überzeugt, daß keine Frau auf der Welt ihren Gatten mit so viel gutem Willen, wenn man will, sogar Aufopferung gepflegt hat.

Die Krisis war dieses Mal ernst und dauerte lange. Und diese endlosen Stunden am Krankenlager, die Leiden des einen und die aufopfernde Fürsorge des anderen brachten uns naturgemäß einander wieder näher; nur muß man die Motive dieser gegenseitigen Rührung nicht verwechseln: ich war gerührt über meine Aufopferung und mein Mann über seine Krankheit. Aber das thut nichts zur Sache. Das Resultat war die wiedergewonnene Fühlung zwischen zwei zerschlagenen und verwundeten Menschenherzen. Als er sich wieder erholte und die beklemmende Angst von uns gewichen war, fühlten wir, daß neue Triebe einer guten Freundschaft in unseren Herzen angesetzt hatten.

Aber um diese holde Eintracht auch auf die Dauer zu befestigen, bedurfte es noch etwas anderes, wie die oberflächliche Sympathie, die zwischen jedem genesenden Kranken und seiner Pflegerin entsteht. Nach dem, was jedes von uns in der letzten Zeit durchgemacht hatte, sehnten wir uns beide nach innerer Ruhe, nach gegenseitigem Verständnis und Vertrauen. Und wir fühlten es wohl, daß das nur erreicht werden konnte, wenn jedes dem anderen ein offenes Bekenntnis jener kleinen Sünden ablegte, die auf seinem Gewissen lasteten – es waren ja gerade keine großen Verbrechen, die uns bedrückten, aber sie lagen doch zwischen uns.

Und diese gegenseitige Beichte fand etwa vierzehn Tage darauf statt. Es war bei einbrechender Dämmerung, und das ist immer die Stunde, wo der eben von schwerer Krankheit Genesene sich matter fühlt, und selbst der Gesunde weich gestimmt und zu vertraulichen Gesprächen aufgelegt ist. Unwillkürlich überkam mich die Erinnerung an jenen furchtbaren Tag, wo ich meinen Mann fast leblos auf seinem Bett ausgestreckt fand zwischen den schweigenden Ärzten und der entsetzten Dienerschaft. Ohne es eigentlich zu wollen, machte ich irgend eine Anspielung, und daraufhin bekannte mein Mann mir alles. Er hatte sich schon lange danach gesehnt, mir sein Herz auszuschütten und jetzt vermochte er es nicht länger zurückzuhalten. Und ich kam ihm dabei zu Hilfe, ohne irgend einen Namen zu nennen, indem ich ihn merken ließ, daß ich alles wüßte – Name, Adresse, sogar die Stunde seiner Rendezvous. Als er zu Ende war, erteilte ich ihm aus vollem Herzen Absolution, und er sagte mir, daß er fest entschlossen sei, mich nie wieder zu hintergehen. Er brauchte mir seinen Schwur nicht zu wiederholen; seine Angst vor einem abermaligen Herzkrampf war die sicherste Garantie für mich.

Nun war die Reihe an mir, und ich sagte ihm:»Weißt du, mein teurer Gatte, an ebendemselben Tage, wo eine gewisse Dame Dir so übel mitgespielt hat, fehlte nicht viel, daß ich dir Gleiches mit Gleichem vergolten hätte.« Und – wieder ohne eine bestimmte Persönlichkeit zu nennen (ich glaube übrigens, daß er trotzdem etwas geahnt hat) – erzählte ich ihm ganz offen die verschiedenen Kapitel meiner verunglückten Ehebruchsgeschichte. – Ganz offen? Nun, mein Gott – wenigstens beinahe ganz. Es giebt gewisse Sachen, die eine Frau nicht so leicht eingesteht, wie der Mann. Sagen wir: ich war so weit offenherzig, wie man es als Gattin sein darf.

*

Und auf dieser Grundlage feierten wir unsere Versöhnung, mit dem feierlichen Versprechen, nicht wieder mit diesen Geschichten anzufangen. Daß er seines hält, dafür garantiere ich. Und was mich selbst betrifft? Nun, ich leide ja, Gott sei Dank, nicht an Herzkrämpfen.

Über tredition

Eigenes Buch veröffentlichen

tredition wurde 2006 in Hamburg gegründet und hat seither mehrere tausend Buchtitel veröffentlicht. Autoren veröffentlichen in wenigen leichten Schritten gedruckte Bücher, e-Books und audio-Books. tredition hat das Ziel, die beste und fairste Veröffentlichungsmöglichkeit für Autoren zu bieten.

tredition wurde mit der Erkenntnis gegründet, dass nur etwa jedes 200. bei Verlagen eingereichte Manuskript veröffentlicht wird. Dabei hat jedes Buch seinen Markt, also seine Leser. tredition sorgt dafür, dass für jedes Buch die Leserschaft auch erreicht wird.

Im einzigartigen Literatur-Netzwerk von tredition bieten zahlreiche Literatur-Partner (das sind Lektoren, Übersetzer, Hörbuchsprecher und Illustratoren) ihre Dienstleistung an, um Manuskripte zu verbessern oder die Vielfalt zu erhöhen. Autoren vereinbaren direkt mit den Literatur-Partnern die Konditionen ihrer Zusammenarbeit und partizipieren gemeinsam am Erfolg des Buches.

Das gesamte Verlagsprogramm von tredition ist bei allen stationären Buchhandlungen und Online-Buchhändlern wie z. B. Amazon erhältlich. e-Books stehen bei den führenden Online-Portalen (z. B. iBookstore von Apple oder Kindle von Amazon) zum Verkauf.

Einfach leicht ein Buch veröffentlichen: **www.tredition.de**

Eigene Buchreihe oder eigenen Verlag gründen

Seit 2009 bietet tredition sein Verlagskonzept auch als sogenanntes "White-Label" an. Das bedeutet, dass andere Unternehmen, Institutionen und Personen risikofrei und unkompliziert selbst zum Herausgeber von Büchern und Buchreihen unter eigener Marke werden können. tredition übernimmt dabei das komplette Herstellungs- und Distributionsrisiko.

Zahlreiche Zeitschriften-, Zeitungs- und Buchverlage, Universitäten, Forschungseinrichtungen u.v.m. nutzen diese Dienstleistung von tredition, um unter eigener Marke ohne Risiko Bücher zu verlegen.

Alle Informationen im Internet: **www.tredition.de/fuer-verlage**

tredition wurde mit mehreren Innovationspreisen ausgezeichnet, u. a. mit dem Webfuture Award und dem Innovationspreis der Buch Digitale.

tredition ist Mitglied im Börsenverein des Deutschen Buchhandels.

Dieses Werk elektronisch lesen

Dieses Werk ist Teil der Gutenberg-DE Edition DVD. Diese enthält das komplette Archiv des Projekt Gutenberg-DE. Die DVD ist im Internet erhältlich auf **http://gutenbergshop.abc.de**

Zeitfracht Medien GmbH
Ferdinand-Jühlke-Straße 7
99095 Erfurt, Deutschland
produktsicherheit@kolibri360.de